KB128584

오늘을 통과 중인 당신에게

오늘을 통과 중인 당신에게

초 판 1쇄 2023년 12월 22일

지은이 엄태완
펴낸이 류종렬

펴낸곳 미다스북스
본부장 임종익
편집장 이다경
책임진행 김가영, 박유진, 윤가희, 이예나, 안채원, 김요섭, 임인영

등록 2001년 3월 21일 제2001-000040호
주소 서울시 마포구 양화로 133 서교타워 711호
전화 02) 322-7802~3
팩스 02) 6007-1845
블로그 http://blog.naver.com/midasbooks
전자주소 midasbooks@hanmail.net
페이스북 https://www.facebook.com/midasbooks425
인스타그램 https://www.instagram/midasbooks

© 엄태완, 미다스북스 2023, *Printed in Korea*.

ISBN 979-11-6910-427-2 03810

값 **19,000원**

오늘을 통과 중인 당신에게

| 엄태완 저 |

집
고
양
이
와
길
고
양
이
누
가
더
행
복
할
까
?

미다스북스

3장 : 힘든 삶 끝에 얻은 위로

4장 : 혼자가 된 후의 위로

에필로그

프롤로그
지금에서야 위로를 얻었다

"당신은 아침이 두렵나요?" 오래전 긴 시간 날이 밝지 않기를 기도하며 불면의 밤을 지새운 적이 있었다. 그때에는 내 안으로의 침잠에만 급급하여 어떤 힘이 나를 견디게 했는지 몰랐다. 고양이에게 쫓겨 머리만 냅다 넣은 쥐처럼 우스꽝스러운 모양새로 잠시 고요를 갈구한 적은 있었지만, 완전히 숨지 않았다는 사실만 어렴풋이 떠오른다. 불쑥 삐져나온 내 뒷모습에도 여전히 슬픔이 가득했을지 모르겠다. 그 순간에도 그저 보며 기다리고 믿어 준 사람들은 내 뒤에 여전히 서 있었을 것이다. 어설픈 구도자의 오만함에 빠지지 않고 나를 버티게 한 힘의 처음이자 끝임을 이제는 알고 있다.

이 책은 그러한 과정을 한참 지낸 후 자기 치유의 글쓰기에서 비롯되었다. 지금 생각해 보면, 잠을 잘 이루지 못했던 그즈음부터 내 마음이 글이 되기 시작했다. 오랫동안 깔끔하고 완벽한 삶에서 벗어나면 수치스럽고 고통스러운 반추에 빠지곤 했다. '삶이 좀 구질구질하면 어때.'를 되뇌기 시작한 때도 내 글쓰기와 궤를 같이하는 듯하다. 모두가 나를 좋아하거나 멋지다고 환호하지 않는다는 사실을 인정하지만 완전히 놓아버리지 못하고 있다. 그래도 예전보다는 구질구질한 삶에 많이 익숙해져 있다.

사람은 각자의 삶과 행복의 기준을 가지고 있음을 아주 나중에야 알게 되었다. 특히 젊었을 때는 세상의 기준에 도달하지 못한 삶은 실패이고 나락으로 떨어진다고 확신했다. 타인이 만든 허상에 갇히는 순간 나를 잃어버린 채 조급해져 버리고 마는 경험을 꽤 오래 했다. 지금도 벗어난 것은 아니지만 애써 나만의 행복 기준을 만들어서 지키려고 노력한다. 누구에게 강요하고 싶은 마음도 없고 굳이 들키고 싶지도 않다. 하지만 이 책 속에 어느 정도 드러나고 있어 부끄럽기도 하다.

하루가 버거웠던 그때, '시간이 지나면 좋아질까?'라는 질문을 끝없이 하였다. '인간의 삶이 갑자기 달라지지는 않는다.'는 것을 깨달았을 때 슬프기도 하였지만, 오히려 전전긍긍했던 그 밤들의 수고가 감사했다. 시간은 마음을 바꾸게 하지는 않았다. 받아들이도록 나를 가혹하게 훈련시킬 뿐이었다. 나를 채우고 있던 조바심은 그럴 수도 있음에 대한 여지가 되었으며 그렇게 갈망하던 그 순간의 욕망들을 차분하게 만들어 주었다. 시간으로 훈련된 나의 자기객관화가 이 글의 시작점이기도 하다.

말이나 글로 자신을 드러내는 것은 자주 필요하다. 왜냐하면 타인에게 자신의 삶의 이정표를 보여주기 때문이다. 습관적으로 거짓말을 즐겨 하지 않는다면, 그렇게 따르기 위해 노력할 것이고 언젠가는 비슷하게 흉내 낼 수 있다. 인간의 삶은 모호하고 예측할 수 없기 때문에 언제나 열린 마음으로 새로운 이정표를 만들어가야 한다. 이 책의 집필이 그 과정에 참여하는 방법 중의 하나이다.

삶은 언제나 행복하고 즐거운 채로 멈춰 있지 않다. 내가 통제할 수 없는 일 앞에 놓이게 되면 당혹하고 무력함이 먼저 올 수 있다. 단지, 그렇게만 받아들이자, 더 이상 자신을 벌주고 괴롭히지는 말자. 고통으로는 더 이상 나를 사랑할 수 없다. 인생이 내가 공들여 원하는 모양과 많이 달라져도 그대로 살아보자. 대신 살아 있는 모든 사람이 서로가 되어 위로를 보내자.

그리고 아직도 아침이 두려운 사람들에게 '당신 또한 통과 중이며, 그 새벽의 끝에는 차분한 위로가 먼저 가 당신을 안아주기 위해 기다리고 있을 것'이라고 이 책으로 전하고 싶다.

이 책의 출간에 여러모로 도움을 주신 미다스북스 선생님들께 감사를 드린다. 끝으로 책의 제목과 내용의 수정 과정에 독자로 의견을 제시한 아내와 가끔씩 책 속에 등장하는 두 아들과 함께 출판의 기쁨을 나누고 싶다.

2023년 겨울
엄태완

*

| 1장 |

타인으로부터 해방이 주는 위로

01
'척하는 것'과 '티 내는 것'으로부터 해방

"척하거나 티 내는 사람의 행위는
존재의 사라짐에 대한 불안에서 나온다."

대부분의 사람은 다른 사람보다 위에 있거나 앞서고 싶어한다. 건강한 욕망일 수 있다. 사회적으로 성공하거나 부를 축적한 사람들은 그 욕망을 간절하게 수행해 온 결과였으리라. 하지만, 타인과의 비교로부터 출발된 삶은 '너와 다르고 싶음'을 늘 갈구할 수밖에 없다. 우아해질 수 있는 과정이 어긋나는 시점이기도 하다. 타인과의 비교 우위 추구는 영원한 싸움만 부추길 뿐 인간에게 평온을 가져다줄 수 없다.

젊은 사람의 비교 우위 추구는 사회적 성취를 위한 추진력이 될 수도 있지만 나이가 들수록 고통만 안겨준다. 타인과 비교하는 내적 혼돈의 힘을 내려놓고 나의 유일함을 받아들이고, 오늘의 나에 집중할 수 있을 때 비로소 성인이 되는 과정이다. 그래야만 온갖 욕망의 굴레로부터 해방의 길을 찾을 수 있다. 해방은 외부로부터 벗어남이 아니라, 오히려 받아들임이다. 세상에 마음을 열면 있는 그대로 보여주고 즐길 수 있다.

세상에 마음을 열려면 특히 두 가지를 자각하고 의식적으로 자주 돌아보아야 하는데, '~척하고 있지 않나?'와 '티 내고 있지 않나?'이다. 척하는 것이란 아는 척, 잘난 척, 부자인 척, 힘 있는 척, 학식이 풍부한 척, 세상을 다 아는 척, 따뜻한 척, 정의로운 척, 과시하듯 가식적으로 보여줌을 말한다. 척하는 사람은 크게 두 부류로 구분될 수 있다.

한 부류는 큰 소리로 자신이 누구와 친하다거나 재산이 얼마나 많고 세상의 권력자와 어떻게 가까운지를 스스로 끊임없이 말하는 사람이다. 그들은 가끔 척해 온 것들과 사소한 일치를 과대 포장하여 사람들을 속일 수 있다. 그러나 가까운 거리에 있거나 오래 같이 지낸 사람들로부터는 무시나 멸시에 가까운 조롱을 받는다. 그래도 그들은 변함없이 자신의 대단함을 떠벌린다. 처음 보는 사람이나 가끔 만나는 사람은 헷갈릴 수 있을 정도이다. 그러나 그들은 언제나 빈 깡통인 자신과 남을 속여야 한다는 강박에 시달릴지도 모른다.

또 다른 부류는 큰 소리로 외치지는 않지만 은밀하게 지속적이고 고차원적으로 척한다. 대부분 자신의 열등감을 숨기거나 위장하기 위함이다. 예컨대 다른 사람을 칭찬하는 것 같지만 자신의 뛰어남을 은연중에 보여주는 것 등이다. 또는 사소한 수상이나 경력을 끊임없이 만들어 보여주기를 반복하기도 한다. 어떤 측면에서 보면 조직이나 사회를 탄탄하게 하거나 경쟁을 도모하는 원동력이 될 수도 있다. 그러나 그들은 자기 자신과 남을 끊임없이 속이고 괴롭히는 안쓰러운 사람이다.

티 내는 것이란 내 감정의 크기와 상관없이 부정적 정서를 노골적이고 반복적으로 드러내며 그 누구라도 알아주기 바라는 것을 말한다. 티 내는 사람은 경계에 대한 구분이 없다. 나의 관계 안에 있는 사람들이 함께 그 감정이 공유되기를 교묘하게 강요하는 꼴이다. 그래서 함께 일하거나 지내는 사람이 눈치를 보게 되며 '내가 무엇을 잘못한 것이 있나?'를 고민하게 만들기도 한다.

그들은 다른 사람의 근심 따위는 중요치 않으며 내 괴로움이 해결될 때까지 걱정인형의 모습을 함께 해주길 바란다. 처진 두 어깨로 힘든 세상에 겨우 하루를 살아가고 있는 중이니 알아 달라는 것이다. 예컨대 자신이 중요하다고 생각한 일이 제대로 처리되지 않는다면 주변의 모든 사람을 위축되게 만들 말과 행동이 무엇인지 먼저 태도와 기분으로 보여주는 사람이다.

평생 고난을 안고 가야 하는 사람 중에도 티 내지 않고 주위 사람들에게 유머를 보여주고 활력 있는 삶을 살아가는 사람도 많다. 그렇다고 어려움이 있는 모든 사람이 티 내지 않고 즐겁고 활기찬 생활을 해야 한다고 주제넘게 지적하려는 것은 아니다. 정말로 힘든 과정에 있는 사람들이 많다. 그들은 힘들다고 말하고 그 상황에서 살아갈 방도를 스스로 찾을 수밖에 없다.

어떤 개인이 힘들고 어렵다고 반복해서 티 내면 주위 사람들이 사라져 버린다. 그리고 그들의 몸속에서는 에너지가 생성되지 않아서 자신의 일을 제대로 할 수 없다. 그렇게 되면 점점 더 곤궁한 처지에 갇히고, 티 내는 겉모습을 통해 약간의 형식적 위로를 얻는 것에만 몰두하게 된다. 결국 자신을 잃어버리고 자신의 열등감과 아픔에 갇히고 마는 것이다.

척하거나 티 내는 사람의 행위는 존재의 사라짐에 대한 불안에서 나온다. 그것은 육체의 사멸보다는 사회적 공간에서의 소멸을 염려하는 데에서 출발한다. 그러나 척하고 티 내는 행동은 사회적 고립을 오히려 앞당기도록 만든다. 찰나적으로는 존재의 부각을 통해 생명의 활력을 얻는 것처럼 보이지만 긴 인생에서는 도움이 되지 않는다.

젊을수록 척하는 것과 티 내는 것으로부터의 해방이 힘들다. 어쩌면 어른이 되어 가는 과정에서 척하고 티 내는 행위의 가면이 필요할 수밖에 없을지도 모른다. 그러나 그 기간이 너무 길지 않아야 한다. 척하고 티 내는 것으로부터의 해방이 늦어질수록 몸과 마음을 갉아먹는 시간이 늘어나게 된다.

나이가 들수록 자신에게 존재하는 척하고 티 내는 특성이 여전히 남아 있는지를 꼼꼼히 따져볼 필요가 있다. 그래야만 세상과 자신을 맑고 바르게 볼 수 있고 마음 밖의 일들로 자아를 괴롭히지 않게 된다. 또한 자신을 열어 두어도 불안하거나 타인의 공격을 염려하지 않는 수준에 이를 수 있다.

02
'거들먹거림 욕망'으로부터 자유

"거들먹거림 욕망의 집착은 언제나 삶을 쫓기게 만들고
본래의 자기로부터 이탈한 혼란과 불안정을 초래한다."

어린 시절부터 시작되는 욕망은 절대적이기보다는 타인과 연관된 상대적인 마음의 갈망이다. 인간은 어느 지역에 사는지, 무엇을 보고 듣고 체험하고 살았는지, 어떤 두려움과 공포를 겪었는지와 관련된 욕망을 지닌다. 예컨대 양고기를 먹거나 본 적이 없는 사람은 양고기에 대한 욕망이 없을 것이고, 자동차가 없었던 시대에는 자동차 소유에 대한 욕망이 없었을 것이다. 그러나 허기상태가 지속된다면 무엇이라도 먹겠다는 강한 의지가 생기는 것과 같은 생존 욕망은 태초부터 지금까지 인류에게 변함없이 존재한다.

인간의 생존 욕망을 벗어난 타인과 비교하는 상대적 욕망을 '거들먹거림 욕망'이라 부르고 싶다. 인간이 신체적, 심리적, 사회적 생존 욕망을 벗어난 거들먹거림 욕망으로부터 해방될 수 있을까.

거들먹거림 욕망의 문화화는 모든 구성원을 레이스로 불러들여 결국 심리적 파국화의 분위기를 조장하도록 만드는 데 기여한다. 예컨대 서울의 강북에 사는 사람은 강남으로, 30평대 집을 소유한 사람은 40평대로, 2,000cc 자동차를 보유한 사람은 3,000cc로, 1억 가진 사람은 10억을 목표로 끊임없이 거들먹거림 욕망이 이끄는 데로 끌려간다. 이것들은 몸과 마음에서 잠시도 여유를 주지 않도록 만들고 세대 간 전이되기도 한다.

오늘날 거들먹거림 욕망은 혼자 제어하기 어려운 2인 3각 경기처럼 사회 속 다양한 욕망과 발이 묶인 상태로 불안이 기저에 있는 강박장애와 다를 바가 없다. 즉, 자신의 의지대로 몸과 마음 밖으로 떨쳐낼 수 없는 지경이다. 집단의 광기를 태생적으로 싫어하고, 개인의 가치 기준이 사회와 동조하지 않는 많은 사람도 당연히 있다. 그러나 대부분의 평범한 사람은 사회적 욕망과 거리를 두는 것은 쉽지 않은 일이기에 도중에 포기하기가 다반사이다.

병적으로 진단된 강박장애는 인간을 너무나도 괴롭힌다. 한 생각으로 모든 기억과 정서를 압도하거나 하나의 생각에서 또 하나의 생각으로 끊임없이 이어져서 마음의 감옥을 만든다. 강박장애로부터 벗어나기란 정말로 힘들다. 왜냐하면 개인의 의지 너머의 일이기 때문이다.

그렇다면 이미 사회적 강박장애로 발전한 거들먹거림 욕망으로부터 어떻게 약간 떨어질 수 있을까? 우선 자신이 거들먹거림 욕망을 가지고 있으며, 또한 그 욕망을 어느 정도 충족해야 살아갈 수 있다고 인정해야 한다. 자칫 거들먹거림 욕망으로부터 완전히 도망가기 위해 타인과 사회를 단절하는 방법을 선택할 수도 있다. 즉, 거들먹거림 욕망의 기득권자들이 먼저 만들어 놓은 레이스에 동참하지 않고 은둔자로 살아가는 것을 말한다.

사람들은 살아가기 위해 약간의 거들먹거림 욕망의 충족

을 위해 발버둥을 치고 있다. 예컨대 소확행(소소하지만 확실한 행복)도 그중 하나가 아닐까 생각한다. 이를 나쁘거나 철부지 행동으로 볼 필요는 없으며, 일종의 자가 치유의 일환으로 보는 것이 좋다.

이미 대중화되었다고 공공연히 이야기되고 있는(실제 과연 그러한지는 모르겠다) 골프로 예를 들어보자. 골프는 운동도 되고 재미도 있고 사람도 사귀고 사업도 할 수 있는 등 그야말로 여러 가지 장점이 많다. 그중에 하나, 거들먹거림 욕망의 충족도 있다고 생각한다. 나쁘지 않다. 하지만 골프는 이미 누구나 하는 것이기에 거기에서 더 나아가고자 하는 본능에서 파생된 거들먹거림 욕망을 자극할 수도 있다. 예컨대 복장이나 장비 등의 보이는 것에 절대가치를 매기는 외적 차별에 집착할 수 있다. 이것은 정신적 공허함으로 귀결되는 거들먹거림 욕망의 외적 표현일지도 모르겠다.

또 다른 예로 낚시, 산행, 독서, 수집, 음악, 미술, 영화, 목공, 수영 등과 관련하여 생각해 보자. 이러한 취미는 온전히 행위에 집중하여 아마추어의 상위 수준의 안목이나 지식을 지닌다면 여러 모임에서 귀여운 거들먹거림을 행사할 수 있다. 좋은 거들먹거림 욕망의 충족이다. 사회적 단어로 달리 표현하면 우리는 이것을 우아하며 고급스럽다고 한다.

그러나 이미 거들먹거림 욕망을 사회적 성취로 달성한 사람들은 그대로 조용한 일상을 살아주었으면 좋겠다. 재벌, 중소기업 사장, 대기업 임원, 국회의원, 판사, 시도의원, 고위 공직자, 검사, 변호사, 의사, 교수, 대통령 등은 그 자체로 거들먹거림 욕망을 향유하고 있다. 또한 동네의 양아치나 조직 폭력배 그리고 정치 건달들의 거들먹거림 욕망은 강제적으로 공동체에 의해 제압되어야 한다.

사회적으로 부여된 힘을 가진 자와 동물적 힘을 악용하는 자들의 거들먹거림 욕망을 통제할 필요가 있다. 그렇게 된다면 나약한 개인의 기운을 북돋게 하는 소소한 거들먹거림 욕망을 귀엽게 보아도 되지 않을까! 그럼에도 불구하고 거들먹거림 욕망의 집착은 언제나 삶을 쫓기게 만들고 본래의 자기로부터 이탈한 혼란과 불안정을 초래한다.

사회적 강박장애로 의미 부여된 거들먹거림 욕망을 개인이 홀로 떨쳐내는 도통함에 이르기란 여간 힘든 일이 아니다. 그래도 거들먹거림 욕망이 몸과 마음에서 영원히 추방되기를 바라는 열망을 떨칠 수가 없다. 그래야만 많이 충분히 편안해질 수 있을 것 같다.

03
'그래도 나는 착하다.'는 환상

"나도 상대도 세상의 속물이 되어 있고,
그 속에서 나름의 방식으로 살아가고 있음을 인정해야 한다."

예순이 다 되어가는 나이지만 아직도 비교적 착하다고 생각한다. 그래도 이제는 비교적이라는 수식어를 써야 한다는 내면의 소리를 경청하고 있다. 모르긴 몰라도 한국인의 90% 이상은 자신을 '착함' 속에 포함할 것이다. 착함이란 사람마다 기준이나 평가가 다르다. '착하다'의 사전적 의미는 '곱고 어질다'로 규정되어 있지만 모호하기는 마찬가지이다.

착함은 사람 사는 세상에서 다양하게 해석되고 이용되며 활용된다. 우선 자신을 절대적으로 착한 사람이라 규정하면 의견이나 사상이 다른 사람을 착하지 않은, 즉 사악한 자로 판단할 수 있다. 그들은 타인과 조율하거나 자신이 잘못 생각하거나 착각한 부분을 고려하지 않는다. 대신 상대를 비난하고 질책하는 데에만 열중한다. 그러면 상대도 화를 참을 수 없게 된다.

상대방의 분노는 다시 자기 자신에게 전달되어 복수의 에너지를 불태우고 열등감이나 낮은 자존감의 영역을 건드리게 된다. 온갖 방법을 동원한 분노의 공격성은 또다시 그대로 자신에게 전달된다. 그렇게 되면 온몸으로 상대를 끌어안고 함께 들어갈 불 웅덩이를 마음속에 만들지도 모른다. 여기에 머무르지 않고 빠져나올 수 있는 두 가지 방법이 있다.

하나는 소위 말하는 '절이 싫으면 중이 떠나면 된다.'와 같은 해결책이다. 최후의 방법이고 일생에 몇 번 사용할 수 없다. 다른 하나의 방법은 나도 착한 사람이 아니라는 진정한 통찰로부터 나온다. 착함과 올바름은 다르다. 착하다란 말은 지극히 상대 또는 사회 규범에 순응하거나 잘 작동하도록 만든 착각의 단어이다. 예컨대 착한 사람이라는 벌거벗은 임금님의 옷을 입혀 놓은 채 꼭두각시처럼 옭아매거나 순종하도록 만들기도 한다. '너는 착해.'라는 정서적 지배 상태로 만들어 놓는 것이기도 하다.

인간으로서 가져야 하는 윤리나 도덕은 필요하지만 그것을 착하다란 의미와 동일시하지 않아야 한다. 예컨대 부모가 "우리 아이는 착해."라고 말한다면 부모 말에 순종한다는 의미인지, 문화적으로 예의 바른 아이라는 표현인지, 권위 있는 사람의 말을 잘 따른다는 것인지를 따져볼 필요가 있다. 부모에게 순종하고 예의 바르며 권위를 존중하는 사회인으로 성장하는 것은 중요하다. 하지만 착하다란 억압이 주는 사슬에 묶여버린다면 다른 사람이나 조직에 활용당하기 쉬운 사람이 될지도 모른다. 반대로 착하지 않음을 극단적으로 표시하는 것도 착함의 올가미 속에 갇혀 있다는 반증이기도 하다.

사람의 마음에는 세상의 뉴스에 나오는 악마화된 인간상을 저마다 가지고 있지만 대부분 인정하지 않는다. 그러나 경험상 그리고 마음 이론에서 보면 크기만 다를 뿐 모두의 어떤 공간에 숨겨져 있다. 사악함으로부터 자신을 보호하기 위해 스스로를 착한 사람이라고 규정한다. 그리고 내 편 또는 우리 편이 아니면 착하지 않은, 즉 사악한 인간으로 상정하고 자신의 악함을 묻어버리는 유용한 도구로 활용한다.

나이가 들었거나 사회적 지위가 있는 사람은 착하다고 자신을 규정하지 않아야 한다. 그들은 어떤 순간과 상황이 되면 전혀 곱고 어질지 않다. 그들은 단지 업무를 성공적으로 수행하기 위한 조치라고 판단하거나 조직이나 대인 관계를 원활히 하기 위해 어쩔 수 없는 선택이라고만 믿는다. 그런 행동이 착함에서 벗어났다고 느끼지도 못한다.

그래서 스스로 착하다고 단정하지 않아야 한다. 그렇다고 아무렇게나 일탈하고 문화적 규범에서 벗어나라는 말은 아니다. 대신에 '나는 착하고 상대방은 악하거나 간사하다.'고 착각하지 않아야 한다. 나도 상대도 세상의 속물이 되어 있고, 그 속에서 나름의 방식으로 살아가고 있음을 인정해야 한다. 그래야 다 함께 가는 불구덩이를 피할 수 있다.

사람이 사람을 저주하는 것만큼 힘든 것은 없다. 나를 괴롭히는 사람을 나 안에 가두지 말고 상대에게 던져 주고 잊어버리는 고수의 삶을 살아가고 싶다. 그 시작은 '나도 착하지 않다.'로 출발한다.

04
착한 사람이라는 올가미

"착한 사람이라는 타인의 친절한 칭찬으로 포장된
낙인을 무시하는 것이 좋다."

착한 사람이란 타인이나 공동체에 해가 되지 않거나 도움이 되는 유용한 존재를 일컫는다. 혹 다른 사람이나 조직에 의한 착한 사람이라는 규정을 통해 개인을 타자들의 희생물로 고착화시킬 수도 있다. 그렇다고 착하지 않게 살라고 주장하는 것은 아니다. 착한 사람이라는 억압적 환대로부터 개인의 이익과 행복을 달성하는 주장과 권리를 포기하도록 만드는 구조와 문화에 대한 알아차림이 필요하다.

착한 사람이라는 규정은 보통 가족으로부터 시작된다. 자신이 믿고 의지하거나 도움을 받아야 하는 사람들이 강요하는 착한 사람 억압에서 벗어나는 것이 좋다. 착한 사람은 가족 내에서 항상 다른 가족구성원의 문제를 해결하려는 사람에게서 발견된다. 혹은 다른 가족구성원이 끊임없이 보호받아야 하거나 갈등을 일으키기 때문에 나만은 착하게 살아야 한다는 강박에 기인한다. 이러한 삶은 가족을 위하는 것도 아니고 사춘기 혹은 결혼이나 직장 생활을 시작하면서 산산조각 나게 된다.

가족의 안전과 보호를 늘 앞세운 사람은 자기 자신을 알아갈 기회를 포기한 채 타인의 욕구나 문제를 우선시한다. 그들은 무엇을 할 수 있으며 어떠한 삶을 살아야 하는지와 관련된 준비의 시기를 가지지 못했다. 그들은 사춘기가 되어 자신이 누구인지를 발견하는 과정에서 대혼란을 겪는다. 또한 자신의 내면을 들여다보거나 어떻게 살아가야 할지 방황하게 된다.

그래서 그들은 사춘기가 되면 시각적이고 본능적 욕구와 쾌락을 자극하는 허상을 믿고 따르게 될 가능성이 높다. 예컨대 온라인상의 각종 매체에서 전달하는 쾌락과 허구의 속

임수에 허우적거릴 수도 있다. 그렇게 되면 자기 자신이 빠르게 흡수할 수 있는 본능적 쾌락을 부추기는 방향으로 삶의 의미와 목적을 규정당하게 될지도 모른다.

착한 사람의 역할에 충실한 사람은 결혼을 하면 태도가 돌변한다. 지금까지 참아온 자신의 옛 가족에 대한 희생의 보상을 상대방에게 요구할 수 있다. 혹은 가족에 대한 희생과 참을성이 없는 상대방을 싫어하는 것을 넘어 혐오스러운 반응을 보일 수도 있다. 어떤 경우이든지 자신의 욕구와 욕망을 돌보는 것을 회피한 그들은 문제 중심으로 삶을 해결해 나가지 못한다. 대신에 왜곡된 감정의 기준 때문에 부부 관계나 자녀 관계를 위태롭게 만들 수 있다.

직장이나 단체 생활에서도 가족의 착한 대상이 되었던 사람은 자기주장을 잘하지 못한다. 그들은 진취적으로 업무를 수행하는 대신에 나쁜 사람으로 보이지 않는 데 보다 많은 힘을 사용한다. 또한 상대방에게 즉각적으로 반대 의견을 말하지 못하고 쌓아 두었다가 갑자기 다른 사람이 원인을 제대로 이해할 수 없는 상황에서 분노를 폭발시킬지도 모른다.

혹은 의식이 뚜렷한 상황에서 할 수 없었던 표현을 음주 후 과도한 행위로 인해 조직 부적응자로 낙인찍힐 수 있다. 그들의 행동에서 첫 번째 기준이 되는 것은 착하지 않은, 즉 나쁜 사람으로 보이지 않는 것이기에 조직이나 직장 생활에서 부가적인 에너지가 많이 들 수밖에 없다.

착한 사람이라는 타인의 친절한 칭찬으로 포장된 낙인을 무시하는 것이 좋다. 대신에 자신의 삶을 독립적으로 살아갈 수 있는 방안들을 찾아나가야 한다. 착한 사람은 피할 수 없는 관계에서 조종당할 수 있다. 그러나 한편으로는 그렇게 규정하는 사람이나 조직으로부터 의존적 욕구를 충족하기 때문에 머물러 있는지도 모른다. 착한 사람의 습속을 체득한 사람은 단기간에 벗어나기는 어렵다. 어쩌면 자신이 소속된 집단이나 조직으로부터 독립할 수 있을 때 가능할 수 있다.

착한 사람이라는 외부의 억압으로부터 자유로워진다면 당사자뿐만 아니라 관련된 사람이나 조직 둘 다에 이롭다. 왜냐하면 모두가 매몰되는 융합된 감정적 소용돌이에서 벗어날 수 있기 때문이다. 어느 날 갑자기 '나는 착한 사람이 되지 않겠다.'고 선언하고 행동한다면 여러 가지 부작용만 뒤따른다.

착하지 않은, 즉 이기적 행동만 선택하는 것이 아니라 타인이나 집단으로부터 의존적 마음과 생활에서 벗어나려는 시도를 반복할 필요가 있다. 그래야만 착한 사람이라는 올가미에 의해 스스로를 자해하면서 관련된 사람들과 함께 깊은 늪에 빠지지 않게 된다.

05
완전한 혼자만의 공간이 필요해

"모두가 '나만의 19호실'에서 평안함과
실존의 아픔을 치유할 수 있기를 기도한다."

최근 읽은 도리스 레싱(Doris Lessing, 1919~2013)의 단편 중 『19호실로 가다』에 있는 '내가 있는 곳을 누구에게도 알리지 않고 완전히 혼자 있고 싶어서'라는 문구가 기억에 남는다. 『19호실로 가다』는 여러 가지 복잡한 생각을 이어주는 작품이지만 '나만의 19호실'이란 말이 끊임없이 떠오르도록 만든다.

교수라는 직업의 장점 중 하나는 방학이다. 대개 모든 교수가 그러하지만 방학이라고 아무 일 없이 지내지 않는다. 대부분은 논문을 쓰거나 책을 집필하거나 시대의 흐름을 읽기 위해 개학보다 힘들게 보낸다. 지난 2022년 여름 방학 시작 전부터 몸의 여러 곳에서 좋지 않은 반응들이 나타났었다.

코로나19로 야외 활동을 거의 하지 않으면서 신체와 정신 에너지를 지나치게 많이 사용했다. 옆 연구실의 심리학과 교수님께서 몸과 마음을 너무 무리하게 사용하면 언젠가 문제가 생긴다는 말씀에 덜컥 겁이 났다. 그래서 이번 방학에는 주말에 한 번 오르던 동네 뒷산을 매일 가야겠다고 다짐하고 실행했다.

동네 뒷산이지만 꽤 높은 산으로 주말에는 버스를 동원하여 올 정도로 전망도 좋고 재미있게 올라갈 수 있는 산이다. 집에서 나와 10분 정도 운전해서 주차장에서부터 정상을 한 바퀴 돌고 나면 2시간 정도 걸린다. 정상까지 가는 코스는 급경사로 40~50분 정도 올라가야 한다. 한 10분 정도 오르기 시작하면서부터 땀이 비 오듯 하고 폭염주의보가 뜬 날에는 그야말로 밖에서 문을 걸어 잠근 한여름 한증막에서 흘리는 땀처럼 흘러내린다. 그렇게 30~40분 지나면 바위로 뒤덮인

정상이 나타나고 그 위에 서면 남해의 바다가 보인다. '하, 너무 기분이 좋다.'

　모든 고민과 슬픔, 불안과 괴로움 그리고 인간의 원초적 갈등조차도 산이 가져가 버린다. 산에 미안할 정도로 내 모든 찌꺼기를 품어버린다. 그리고 숨이 막히고 비 오듯 땀이 흐른 후 갈증을 해결할 얼음물을 들이켤 때의 기분은 천하를 얻은 것만 같다. 좀 더 비약하면 내 몸을 유아적 깨끗함으로 바꾸어 버린다는 착각마저 들게 한다. 그리고 하산하는데 모든 것이 그러하듯 이때 조심해야 한다.

　산을 내려올 때 가끔 다리를 삐끗하거나 넘어지기도 한다. 올라갈 때는 거의 발생하지 않는 일들이다. 구름다리를 건너 동굴 통로를 넘어 참나무 숲의 오솔길을 지나고 왕벌집을 조심스럽게 지나쳐 간다. 오를 때는 신체적 힘듦으로 생각이 멈추어지지만 내려올 때는 온갖 새로운 아이디어들이 넘쳐난다. 다음에 쓸 논문이나 책의 내용, 수업의 방법, 다른 사람과의 문제 해결 방법, 경제적 문제의 해결 방안 등이 폭발적으로 머리에서 샘솟는다. 대부분 산을 내려오면 잊어버리곤 하는 것들이다.

이렇게 두 달 정도 매일 두 시간씩 산속에 있다가 보니, 집에 있어도 산에 있는 느낌이 들었다. 어떤 때에는 비가 와도 우산을 들고 산에 간 적도 있었다. 하루라도 빠지게 되면 몸이 찌뿌듯한 것 같고 할 일을 하지 않은 것 같아 괴롭기까지도 했다. 이것이 중독인가라는 생각도 들었다. 처음 오를 때보다 산행의 시간도 짧아지고 땀도 덜 나서 일부러 긴 옷을 입고 땀을 빼기도 했다. 개학이 다가오면서 매일 가는 산에서 주말에 한 번 가는 산으로 내 마음을 바꾸고 산 정상에서 내년 여름에 보자고 하며 내려왔다. 물론 그날 이후 매 주말마다 그 산을 오르내리고 있다.

오래전, 아마 30년 전쯤 수년간 마음이 힘들었던 때가 있었다. 미래에 대한 전망도 불투명하고 세상에서의 존재 가치도 없는 것 같고 타인과 비교해도 너무나도 초라했다. 몸은 힘들지 않았지만 마음이 모든 에너지를 써버려서 신체도 정신도 어지럽고 고통스러운 시간의 연속이었다.

무엇을 하긴 해야 하는데 '이것을 얼마나 오래 해야 할지.', '이렇게 계속하면 되는 것인지.', '나중에 나의 삶이 어떻게 될지.', '나를 믿는 가족들을 어떻게 보살펴야 할지.'와 관련된 답 없는 질문으로 정신이 피폐해지고 있었다. 그때에도 내가 사는 뒤편에 꽤 높은 산이 있었다.

어느 날 무턱대고 그 산을 올랐다. 사람들이 꽤 많이 오르내리면서 인사도 주고받고 있었다. 다음날도 또 오르고, 시간이 나는 대로 그 뒷산에 갔다. 어느 순간부터 '여기서 내 삶을 마쳐도 두려움이 없겠구나.', '산이 나를 묻어준다면 그 또한 행복이 아니겠는가.'라는 생각이 들었다. 그리고 산속에 내가 깊이 묻혀 있다는 생각이 들 때쯤에 전부는 아니지만 현실에서 견딜 수 있는 힘이 생겼다.

너무 힘들고 지칠 때는 산과 대화를 했다. 산에게 물었다. '오늘 내가 이런 일을 경험했는데 너는 어떻게 생각하냐고.', '지금 이런 일들을 하고 있는데 이게 옳은 일이냐고.', '지금 하고 있는 일이 나의 인생 목적을 달성하도록 하는 것이냐고.' 묻고 또 물었지만 결코 어떤 답도 들을 수 없었다.

사람은 어느 순간 자신의 마음 에너지를 쓰고 또 쓰면 갑자기 통제할 수 없는 혼란 속에 빠질 수 있다. 그때 자신을 잘 어루만져야 한다. 성급하지 않게 다른 사람에게 휘둘리지 않으면서 다른 어떤 것에 압도당하지 않아야 한다. 그리고 약간은 어쩌면 많이 고통스럽지만 마음을 달래가야 한다.

사람에 따라 다양하게 그 과정을 견디는 것을 찾아낸다. 혹여 그때 금지된 약물에 유혹을 느낄 수도 있고, 술에 빠질 수도, 이단에 현혹될 수도, 타인을 반복해서 괴롭히면서 자신을 지탱하려고 할 수도 있다. 오랜 혼자만의 아픔과 괴로움으로부터 새로운 마음의 새싹을 보호하고 키워내는 것은 오로지 자신에게 달려있다.

사람의 마음은 쓰고 또 써도 되는 것이 아니다. 어쩌면 우리가 볼 수 없지만 댐의 물처럼 되어 있는 것이 사람의 마음이다. 댐의 물을 조금씩 쓰다 보면 언젠가 바닥이 드러난다. 그러면 사용할 수 있는 물이 없어지게 되어 감당할 수 없는 고통을 그 물을 사용해야 하는 대상에게 안겨준다. 그 댐의 물을 새롭게 채울 시간은 수년이 걸릴 수 있고 어쩌면 평생 다 채우지 못할지도 모른다.

댐의 물을 채우는 방법의 하나로 뒷산을 선택했다. 운이 좋아 하나의 물줄기를 찾아 마음의 댐에 물을 조금씩 채우고 있다. 우리 모두 마음의 댐에 있는 물을 지나치게 많이 사용하지 않아도 되는 공동체가 되도록 노력했으면 좋겠다. 많은 사람이 마음의 댐을 무너뜨리거나 다 써버리면 공동체는 와해되지 않을까.

누구나 마음의 댐의 물이 부족하다 싶으면 새롭게 채울 방안들을 좀 더 쉽게 찾았으면 좋겠다. 모두가 '나만의 19호실'에서 평안함과 실존의 아픔을 치유할 수 있기를 기도한다.

06
유연한 사회생활 속의 나

"그들은 자발적 비굴에 참여한 후 의식적으로나
무의식적으로 자존감의 상처를 입는다."

　자발적 비굴을 흔히들 사회생활이라고 한다. 어떤 지위에
있는 사람들은 그 힘의 영향 아래에 있는 개인들로부터 따뜻
한 눈빛과 웃음이라는 페르소나(persona)의 이득을 누린다.
또한 어느 정도의 아첨과 아부에 이르기까지 조금 손쉽게 기
분 좋은 일상을 유지할 수 있다. 대개 그런 사람들은 불법적
이지 않으면 크게 신경 쓰지 않고 당연한 대우로 생각하고
지나간다.

　그러나 사회생활이라고 일컬어지는 자발적 비굴에 참여해
야 하는 사람들은 그렇지 않다. 그들은 매 순간 자신의 에너

지를 사용해야 하는 복잡한 몸짓이나 언어로 부담을 가질 수 있다. 대부분의 사람은 자발적 비굴이 잘 훈련되어 있지 않다. 그들은 자발적 비굴에 참여한 후 의식적으로나 무의식적으로 자존감의 상처를 입는다. 그리고 손상된 자아를 보호하기 위해 특별한 보상을 의도적으로 끊임없이 시도할 수도 있다.

혹자는 지나치게 권력자에 대한 사소한 친절이나 기분을 좋게 하는 말조차 애써 외면하기도 한다. 또 다른 사람은 권위자나 상사에게 아첨은 아니지만 기분을 잘 맞추어 주려고 노력하지만 어색하고 오히려 역효과가 나도록 만들기도 한다.

어떤 사람은 참 적절하게 경계를 넘나들며 기술적으로 권력자와 좋은 관계를 유지한다. 그들도 오랜 기간 훈련이 필요했고 처음에는 자괴감도 들고 힘들었겠지만 혹독한 시련과 노력의 결과라 볼 수 있다. 아마 그들은 홀로 캄캄한 방에서 자신이 '왜 이렇게 살아야 하는지.'와 같은 자기 연민을 할지도 모른다. 어떻게 되었든지 간에 그들은 권력자로부터 얻을 수 있는 크고 작은 혜택을 얻는다. 그리고 자신의 영향력

아래에 있는 사람들에게 아부나 아첨을 강요하면서 시혜를 베푸는 척할지도 모른다.

자발적 비굴과 관련하여 나는 어떤 사람이었을까? 젊었을 때는 의도적으로 사회생활에 능수능란한 사람을 폄훼하면서 멋있는 척하려고 했다. 나이가 들면서는 하기 싫은 말이나 행동을 통해 어떤 것을 얻기 위해 노력하곤 했다. 나름의 사회화가 되어 가는 과정이구나 싶다가도 매끄럽지도 자연스럽지도 않은 언사와 몸짓에 대한 부끄러움은 지금도 나의 몫이다.

수십 년 동안 자발적 비굴을 나쁜 것 혹은 수치스러운 것으로 여겼기에 그에 적절한 사회기술이나 민감성이 떨어져 있다. 오십이 되기 이전에는 이것을 자부심으로 여기고 거창하게 폼을 잡았지만 지금은 오히려 부끄럽기까지 하다. 자발적 비굴이라고 명명하지 않더라도 권한이 있는 사람과 불법적이지 않게 좋은 관계를 유지하는 기술은 개인의 훌륭한 자산이다. 이제는 그런 능력을 가진 사람이 많이 부럽다.

괜찮은 자산으로서의 자발적 비굴은 용어부터 바꾸는 것이 좋겠다. '유연한 자발적 존중' 정도로 해 두자. 존중이란 모든 인간이 받아야 하는 것이기 때문에 권력자나 권위자도 마땅한 대상이니 그렇게 해야 한다. 이때 중요한 것은 감정의 동요가 거의 없는 상태에서 수행되는 행위이다. 그렇게 해야 사회생활의 가운데 찾아올 수 있는 정서적 소진을 어느 정도 예방할 수 있다.

그렇다면 직장이나 공식적 관계에서 사이코패스가 되라는 말이냐고 항변할 수도 있다. 자발적 비굴은 사람 간 의사소통에서 공감도 잘하고 쉽게 문제를 풀어가는 사람을 위한 용어가 아니다. 대신 사회생활 속의 유연함을 연습하지 않으면 시간이 지날수록 힘들어 대인관계나 일을 포기하거나 반대로 극단적 저항을 통해 일상이 엉망이 될 수 있는 사람들을 위한 개념이다.

자발적 비굴의 다른 표현인 유연한 자발적 존중은 연습이 꼭 필요하다. 그래서 학생 때부터 선생님이나 이웃, 친지, 아르바이트 손님에게 적용해 보자. 처음에는 어색하고 내면의 분노가 치밀 수도 있고 '이걸 왜 하냐고.' 그만두고 싶을 수도 있다. 그러나 성인이 되어 정글과 같은 사회에 나가면 자신의 감정을 다치지 않고 권력자 또는 권위자와 일을 만들어가야 하는 경우가 다반사이다. 그때마다 정서적으로 다치고 일 외적인 에너지를 지나치게 많이 쓰다 보면 정작 해야 할 일을 못하게 된다.

　유연한 자발적 존중은 기질적으로 차이가 있는데 이른바 눈치 빠른 사람은 보다 쉽게 적용할 수 있다. 대신에 눈치가 없는 사람은 많은 연습을 오랜 기간 해야 마음을 다치지 않고 정신 에너지를 덜 소모하면서 자신이 하고 싶은 바를 얻을 수 있다. 자발적 비굴은 자존감이 높은 사람이 보다 쉽게 수행할 수 있다. 자존감은 다른 사람보다 자기 자신으로부터 생성되어야 완전한 자기 것이 된다.

07
초심을 어겨야 할 때

"자기 스스로 만들지 않은 초심은
언제나 의심의 대상이어야 한다."

이 순간의 애틋함이 사라질 것 같아서 찾아오는 슬픔이 몇 번 있었다. 지금은 폐교가 된 초등학교와 중학교를 졸업하고 시골에서 도시에 있는 고등학교를 다니기 위해 자취를 하던 때의 일이었다. 3월 입학 이후 몇 달간 느낀 마음의 아픔은 시골에 계신 부모님을 늘 보고 싶다는 마음이 언젠가는 사라질 것만 같은 예감에서 비롯되었다. 40여 년이 지난 지금 돌이켜보면 정확한 예측이었고 그런 애잔함이 없어진 것도 사실이다.

첫아이가 뒤뚱뒤뚱 걸을 때도 '언젠가 이 귀엽고 애절한 마음이 사라지면 어떻게 하지.'라는 생각이 들었다. 둘째 아이도 공원에서 산책을 하고 있는데 '3~4세의 예쁨을 영원히 간직하지 못하면 어떻게 하지.'라는 마음이 순간 스쳐 지나갔었다. 지금은 성인이 된 첫째와 사춘기를 겪고 있는 둘째 모두 어릴 때의 귀엽고 포동포동한 모습은 완전히 사라졌지만 내마음속에서는 여전히 그 애틋함이 남아 있다. 언젠가 두 아이 모두 성인 대 성인으로 마주하겠지만 그들이 모르는 애틋함은 혼자만 간직하고 싶다. 나의 부모님도 마찬가지가 아닐까 유추해 볼 뿐이다.

아련한 자신만의 추억을 간직하는 것은 인간에게 소중한 자산이다. 무슨 연유에서인지는 모르겠지만 갑자기 초등학교나 중학교 다니던 때의 감성이나 유치함으로 가득 찰 때도 있다. 인간은 자신이 기억하는 과거부터 현재까지 어느 곳으로도 순간 이동이 가능하다. 그 순간 과거의 어떤 장소나 안식처에서 마음의 평온을 얻을 수 있고 자존감을 회복하거나 따뜻함을 전달받을 수 있다.

하지만 어른이 되면 빠르고 정확하게 지금의 자기와 마주해야 한다. 그리고 현실에 부딪히면서 자신에게 주어진 기대와 역할을 할 수밖에 없다. 아련한 추억을 떠올리기 위해 초등학교와 중학교 동창들이 모임을 한다. 한두 번 참여해 보았지만 나만 추억하는 애틋함이 사라질 것만 같아서 가지 않는다. 또 다르게는 과거에 얽매이기 시작하면 기질적 적극성이 부족한 나 같은 사람이 현재를 진취적으로 살아가는 것을 주저하게 만들기 때문인지도 모르겠다.

인간은 태어나서부터 신체적으로나 정신적 또는 영적인 변화가 끊임없이 일어나지만 정작 당사자는 인식을 잘하지 못한다. 사람은 너무나도 서서히 조금씩 달라지기 때문에 자기 자신조차도 깨닫지 못한다. 오히려 오랜만에 보는 타인이 그 사람의 외모와 마음의 달라짐을 알 수 있다. 대개 사람은 겉모습을 통해 어느 정도 내면의 깊이나 폭을 드러내기도 한다. 가끔 긴 시간 이후에 만난 어떤 사람을 첫눈에 마음의 확장이나 성장에 감탄하기도 한다. 온몸으로부터 그 기운을 느낄 수 있기 때문이다.

둘째 아이는 '이번 시험부터는 완전히 다르게 열심히 하겠다.'고 엄포를 놓지만 내가 보기에는 언제나 똑같이 대응한다. 그러나 긴 시간이 지나서 보면 당시의 결심을 통해 조금씩 무언가 달라지도록 만들었음을 확인할 수 있을 것이다. 어제와 오늘이 같기도 하지만 멀리서 보면 조금씩 달라져 갈 것이고 또 그렇게 변해야 하는 것은 당연하다. 그래서 '초심을 잃지 마라.'는 말은 대개 젊은 사람들에게는 어울리지 않는 문장이다. 초심을 잃지 않기 위해 더 큰 희생이 따를 수도 있다. 또한 흐르는 물 위에 올라타기를 망설여서 새로운 삶의 기회를 놓칠지도 모르기 때문이다.

초심이란 무엇을 뜻하는 것인가? 간단히 설명하면 맨 처음의 마음이라고 할 수 있다. 대통령 당선자의 초심인 '모든 국민을 위해 헌신하겠다.'와 초등학생의 초심인 '부모님께 효도하기 위해 의대에 가겠다.'는 전혀 다르게 보아야 한다.

대통령의 초심은 어떤 시련이 닥쳐도 퇴임할 때까지 지켜야 한다. 그러나 초등학생의 초심은 중학교와 고등학교를 거치며 자신의 생각과 미래 전망을 스스로 정하는 과정에서 달라질 수 있다. 실수와 실패를 동반할 수밖에 없는 청년들은 초심에 얽매일 필요가 없다. 자기 스스로 만들지 않은 초심은 언제나 의심의 대상이어야 한다.

예컨대 부모에 대한 효도도 나이나 상황에 따라 달라져야 한다. 과거 뉴스에서 50대 남편이 추석날 시댁에 가지 않겠다고 한 부인이 운영하는 식당을 자동차로 들이받았다고 전하였다. 그 소식을 접한 50대 남편의 부모님은 효도라고 생각했을지 의문이다. 마찬가지로 부모가 어린 시절 자녀들을 위한 무한 돌봄의 마음을 청소년기를 지나서까지 품는다면 모두를 힘들고 고통스럽게 만든다. 부모의 애틋함은 자신 안에서만 작동되어야 한다. 그런 초심은 누구에게도 도움이 되지 않는다.

젊은 사람일수록 과거에 만들었거나 만들어진 초심으로 자신을 얽맬 필요는 없다. 지나친 성찰은 다가올 수많은 기회와 시행착오의 도전을 시도하지 못하도록 만든다. 젊은이는 공동체가 오랜 기간 만들어 온 절대적 규범에서 벗어나지 않는다면 어떤 때는 가벼운 무례를 범해도 좋다. 어제의 나

와 오늘의 나를 반추하는 것은 오십 세가 훨씬 넘어 시도해
도 시간이 부족하지 않다.

08
복수와 복수심의 차이

"복수의 대상을 온몸에서 빼내어 버리고
상대에게 던져 주고 잊어버리자."

    자신을 모함하거나 공격하고 따돌리는 타인에 대한 복수(復讐)는 개인적으로 이득이 있을 수 있지만 복수심(復讐心)은 그것을 지닌 사람에게만 고통을 준다. 여기서 복수란 상대방을 죽이거나 크게 다치게 하는 원시적 공격성을 말하는 것이 아니다. 다만 향후의 대인 관계에서 다시 자신을 힘들게 하지 않도록 예방하는 차원을 일컫는다. 예를 들면, 자신에게 공격적 말을 하면 불편한 표현을 구체적으로 드러내는 경우이다. 또한 은밀하게 구조적으로 자신을 압박하거나 입지를 좁힌다면 마찬가지로 대응하여 함부로 얕잡아 보지 않도록 해야 한다.

그러나 마음속에 특정한 대상을 심어 두고 죽도록 미워하면 자신의 마음을 불타도록 만들어 황폐화시킨다. 상대방의 공격으로부터 예방을 위한 복수 행위가 아니라 자신의 마음에 상대를 두고 난도질한다면 자기 자신을 파괴시키는 것이 된다. 이러한 시간이 길면 길수록 마음의 화가 몸의 아픔으로 이어지도록 만든다. 저주와 파괴의 에너지가 온몸을 휘감으면 사회적으로 의미 있는 일이나 인간으로서의 삶을 위한 힘을 상실하게 된다. 만약 내일 죽는다고 가정한다면 얼마나 지나간 시간이 아까워지겠는가!

특히 자녀에게 복수심을 가지지 않아야 한다. 흔히 부모는 자신의 기준으로 세상을 보고 자녀가 그러한 방향으로 따라오기를 원한다. 그러다가 뜻대로 되지 않으면 혼내고 칭찬하거나 다그치다가 포기해 버린다. 그리고 '오냐 두고 봐라 평생 부모의 말을 가슴에 새기며 후회할 날이 온다.'고 복수심을 마음에 새길지도 모른다.

그런다고 부모와 자녀 관계가 끊어질 수도 없고 어차피 또 자녀의 일에 관여할 수밖에 없다. 대신 그러한 복수심은 자녀들에게 전달되어 사람에 대한 증오의 에너지를 자식들의 마음속에 끊임없이 생성되도록 한다. 자녀의 마음도 복수심과 증오로 가득 찰 수밖에 없다.

증오의 복수심을 전달받은 자녀는 자신을 해하거나 타인을 공격하거나 삶의 목적을 없애버리면서 해방구를 찾을지도 모른다. 나이가 어리면 어릴수록 자녀는 상호 복수심 속에서 부모가 그리는 미래를 철저하게 파괴하는 쾌감의 복수를 반복할 수 있다. 그러다가 그런 행위들이 자녀의 습속이 된다면 그 속에 갇히게 되어 인간의 온전한 삶으로부터 멀어질 수 있다.

부모는 자신의 앎과 기준으로 분신이라 간주하는 자녀들을 걱정하고 보살필 수밖에 없다. 부모가 자신의 기준으로부터 자녀가 벗어난다고 하여 복수심을 마음에 두지 않아야 한다. 왜냐하면 자녀는 부모의 증오의 복수심과 대적하느라 자신을 망가뜨려 버리기 때문이다. 부모의 최소한의 도리는 부모의 증오와 싸우느라 자녀가 저주의 에너지를 폭발시키지 않도록 인내하는 것에 있다.

인생을 살다 보면 복수심을 가득 담고 싶은 사람을 만날 수 있다. 대개 멀리 떨어진 사람이 아니라 늘 가까이 있는 직장 동료나 이웃 그리고 친지가 대상이 된다. 복수심은 자주 만나지 않거나 관계를 단절할 수 있다면 점점 사라진다. 그렇지 않고 20년 전에 마음의 상처를 준 누군가에 대한 복수심을 억누를 수 없다면 전문가의 도움을 받을 필요가 있다.

복수와 관련된 중요한 원칙은 현재 자신을 공격하거나 혐오하고 배척시키는 대상에 대해서는 응징해야 한다는 것이다. 그러나 상대에 대한 복수를 자신의 마음에 담지 않아야 한다. 복수는 자신을 더 편안하고 편리한 일상이 되도록 만드는 데 초점을 두어야 한다. 자기 자신이 피해를 보는 복수는 복수가 아니다. 예컨대 상대에게 상해를 입히게 되면 민·형사상으로 엄청난 괴로움이 동반된다. 그것은 상대의 복수에 당하는 것이 된다. 사회 규범이나 법적 테두리 내에서 상대에게 단호함을 보여주는 똑똑한 복수를 할 필요가 있다.

자기 마음속에 원한이 있거나 화나게 만들거나 괴롭히는 대상을 가지고 들어와서 하루, 한 달, 1년 내내 복수심을 채워두지는 않아야 한다. 그것은 복수의 대상이 되는 타인을 더욱 이롭게 하는 것이다. 왜냐하면 그들이 한 일도 없이 자신을 괴롭히고 있기 때문이다.

복수의 대상을 온몸에서 빼내어 버리고 상대에게 던져 주고 잊어버리자. 그래야 자기 자신이 편하게 되고 쓸데없는 에너지를 쓰지 않으면서 짧은 인생을 보다 행복하게 향유할 수 있다. '똑똑한 복수', 이것은 연습이 필요한데 복수와 복수심을 구분하면 어느 정도 가능하지 않을까!

09
'모든 것을 안다.'는 사람과 거리두기

"내가 세상을 모르는 것과 마찬가지로
어느 누구도 세상을 완전히 아는 사람은 없다."

'모든 것을 안다.'고 하는 사람만큼 어리석은 사람이 없다. 대학에서 사회복지학을 배우기 시작하여 지금은 그 학문을 가르치는 사람이 되어 한 우물을 파고 있다. 햇수로는 40년이 다 되어가는 동안 직접 실천하거나 이론을 공부하고 학생들과 수업을 하고 있지만 여전히 사회복지를 잘 모르겠다. 개인이나 사회의 문제에 대한 대안을 명쾌하게 제시하는 것에서 주저한다. 왜냐하면 내가 알거나 모르는 너무나 많은 요인이 관련되어 있기 때문이다. 단지 지금 서로가 인정하는 한두 가지 대안들을 조심스럽게 다룰 뿐이다.

예를 들면, 집안 전체에 쓸모없는 쓰레기(당사자는 전혀 그렇게 생각하지 않은 보물 같은 소유물임)와 함께 생활하는 13평 아파트의 60대 독거노인을 가정해 보자. 보통 이웃들의 악취에 대한 민원으로 외부에 사실이 알려진다. 일반 대중은 자원봉사자를 모집하고 쓰레기 처리 비용을 조달하여 하루 만에 깨끗이 치우면 된다고 생각한다.

그러나 그렇지 않다. 사회복지를 전공한 사람은 우선 윤리적으로 쓰레기를 치우는 과정에서 당사자의 자기결정을 생각하고 진정한 욕구가 무엇인지를 확인한다. 그리고 쓰레기만 치우는 것이 아니라 그분이 이후 지역사회의 어떤 자원을 활용하여 의존과 독립의 경계에서 삶을 살아갈지를 고민한다. 그러나 정답이 단순하다고 확신하는 사람은 당사자 의사와는 상관없이 빠르게 쓰레기를 치우고 깨끗한 집에서 살도록 하면 된다고 믿는다.

그들은 지역사회를 위해서나 당사자를 위해 좋은 일을 했다고 자부심을 느낄지도 모른다. 그러나 그렇게 일처리를 하면 아마도 99%는 3개월 정도 지나면 지난번 쓰레기와 같은 양이 집안에 가득 찰 것이다. 그리고 그 노인은 어떠한 사람

의 방문과 접촉을 허용하지 않고 더욱 고립된 생활을 할 가
능성이 높다.

무엇이든지 다 안다는 확신은 자신의 분야나 영역에서 최
고 정점의 의문에 도달하지 못한 무지로부터 발생한다. 어쩌
면 최고의 물리학자들이 종교에 심취하거나 신의 영역을 함
부로 부정하지 않는 맥락과도 연결되지 않을까! 인간과 사
회세계에 대한 깊은 고민과 통찰을 지니지 않은 사람은 짧고
보잘것없는 자신의 경험적 세계만으로 우주를 아는 것처럼
거들먹거린다.

손쉽게 권력을 획득하였거나 최고결정자로서 오랜 기간
지위를 유지해 온 사람은 모든 것을 다 안다는 오만에 빠지
고 착각한다. 또 다르게 젊은 시절 운과 노력의 결과물로 엄
청난 재산이나 지위 등을 획득한 사람들은 모든 젊은이에게
자신의 과거를 그대로 따르면 성공한다고 단정하여 외친다.
마음이 흔들리는 젊은 사람들은 그들의 단순하고 명확한 방
향 제시에 열광하고 비슷한 흉내 내기를 시도하지만 오래가
지 못하고 실망한다. 흉내 내는 사람들이 너무 많거나 이미

변한 시대를 반영하지 못하기 때문이다.

지금부터 10년 전쯤에 미국의 시애틀에 연구년으로 1년 정도 다녀온 적이 있다. 해외 거주 경험이 없다 보니 주로 연구년을 온 한국의 교수나 공무원, 변호사 등과 자주 어울렸다. 그러나 한국으로 돌아와서는 시애틀 이야기가 나오면 스타벅스 1호점이 어떻고 미국인의 삶과 미국 서부의 모습 등을 묘사하면서 온갖 아는 척을 다했다.

아마도 시애틀에서 오랜 기간 생활을 하였거나 유학을 한 사람이라도 있었더라면 속으로 한참을 웃었을지도 모른다. 내가 아는 것은 아주 짧은 기간 접했던 시설이나 사람들인데 마치 모든 것을 아는 것처럼 행동했고 그렇게 말했다. 심지어 미국 문화에 대해서도 떠들었으니 지금 생각하니 한참 부끄럽다.

학술 모임이나 슈퍼비전을 제공하는 행사에 참여해 보면 상당한 경지의 사람들은 명쾌한 답을 잘 제시하지 못하고 뜬구름 잡는 식의 이야기를 많이 한다. 그들이 단순 명료한 해답을 모르기 때문이 아니다. 미래 현상에 대한 단정이 얼마나 허무맹랑한 이야기인지를 잘 알기 때문이다.

대신에 어느 정도 경력이나 지식을 가진 사람들은 자신 있게 제시된 내용이나 상황에 대해 비판하고 새로운 길을 뚜렷하게 제시한다. 그러면 청중들은 그들의 명쾌한 해답에 열광하고 무언가를 얻어 간다고 생각한다. 물론 그러한 과정을 거치는 것이 필요하지만 곧 경지에 이른 사람의 모호함에 오히려 감탄하게 된다.

미래의 모호함에 부딪히는 용기와 모르는 영역에 대한 확신은 다르다. 삶의 모호함에 대한 도전은 사람을 성장시키고 인간성 통찰의 기회를 제공한다. 그러나 모든 것을 안다는 사람은 피상적인 과거 경험을 세상 전부로 확신하고 다른 사람을 계몽하려고 시도한다. 그러나 그들의 열변은 미래에 대한 불안을 스스로 환기하는 것에 지나지 않는다.

어떤 사람은 하나의 진리나 현상을 통해 복잡한 세계를 무시하는 아집이 생겨 젊음의 시간을 낭비할 수 있다. 혹은 겉으로 드러난 성공자의 모습을 맹목적으로 추종하면서 삶의 시간을 허비할지도 모른다. 대신에 자기 자신만의 독특한 모습으로 시간을 낭비한다면 미래에 충분히 보상받거나 성숙한 어른이 되는 기회를 얻을 수도 있다.

내가 세상을 모르는 것과 마찬가지로 어느 누구도 세상을 완전히 아는 사람은 없다. '내가 진리요, 길이니 나를 따르기만 하면 성취와 행복이 온다.'고 외치거나 압박하는 사람을 멀리해야 한다. 그들이 자신의 미래가 불안하여 외치는 자기 치유의 광기를 받아서 대신 앓아누울 필요가 없다. 세상의 모호함을 자신만의 방식으로 대처하는 젊음이 있어야 이윽고 멋짐에 도달해 있는 중년과 노년의 나를 반갑게 맞이하지 않을까!

10
나이스(nice)하지 않아도 괜찮아

"인생의 어느 시점이 되면 '남에게 보여주기 위한
헛된 꿈'을 꿈꾸지 않을 자유를 만끽해야 한다."

중학교에 가서 영어를 처음 접하고 난 후 큰 울림으로 다
가온 문장이 바로 'I have a dream.'이다. 이 문구는 마틴 루
터 킹 주니어(Martin Luther King Jr.)가 1963년 8월 28일
미국 워싱턴 DC에서 열린 연설의 별칭이다. 당시에는 중학
교를 입학해야 영어를 공부하던 시기였고 외국어를 습득하
는 능력이 부족하여 짧은 문장이라도 자연스럽게 듣고 읽기
가 힘들었다. 영어 수업 시간으로 기억하는데 이 문구가 뚜
렷하게 귀에 들어오고 왜 그랬는지는 모르지만 지금까지 긴
흔적으로 남아 있다.

'I have a dream.'은 삶의 현실적 목표가 생긴 20대 후반부터 더욱 뚜렷이 각성되는 자극제와 같았다. 꿈이 있다는 것은 살아야 하는 이유가 있다는 것과 동일어라고 생각하던 시기였다. 꿈이 사라지면 하루살이가 된다. 하루살이가 되면 몸은 동물의 본성을 그대로 따르고 인격은 외부에서 주는 충격에 따라 이리저리 흔들린다.

하루살이가 된 몸은 먹고 마시면서 만족을 얻거나 신체적 쾌락과 성욕의 갈망을 해소하는 데에만 몰두하게 된다. 그리고 타인이 표현하는 지지나 관심으로만 자신의 존재 이유를 입증하려고 한다. 예컨대 세상의 사람들이 물질을 숭배하면 그 표식을 드러내기 위해 온 힘을 다한다. 그러나 다른 사람들이 만든 세상에서 언제나 인정받기는 쉽지 않다. 또한 각자의 배분 몫을 받기 위해 혈투를 펼치는 사회세계에서 물질적 표식을 소유하기란 늘 어렵다. 꿈이 사라지면 몸도 마음도 괴롭거나 아프고 힘들게 된다.

꿈은 나이가 들면서 인류를 구하거나 나라를 위해 헌신한다는 추상적 수준에서 소수를 제외하고는 개인의 일상을 풍요롭게 하는 차원으로 변한다. 즉, 일정 연령이 지나면서 꿈은 자신의 본능적 욕망과 자존감을 유지하기 위한 현실적 기대로 바뀐다. 젊은 사람들에게서 꿈을 강제로 빼앗으면 몸과 마음에 고통이 찾아온다.

어떤 경우 빼앗긴 꿈의 아픔을 치유하는 방법 때문에 그 사람을 더욱 괴롭히고 고통스럽게 만들 수 있다. 예를 들면, 혹자는 꿈을 좇아가다가 실패하는 바보로 취급되기보다는 아예 시도하지 않는 성공자로 혼자만의 공간으로 숨어버리기도 한다. 또 다른 사람은 하루살이가 되어 일시적이고 자극적인 쾌락을 좇아가다가 몸과 마음이 황폐화되고 사회로부터 고립을 당하기도 한다.

대개 젊은 시절의 꿈은 다른 사람보다 비교 우위를 점하거나 자신을 무리로부터 확실하게 보호할 수 있는 사회적 장치들일 가능성이 높다. 이 시기의 꿈이 좌절되었다고 해서 인간으로서의 삶이 정지되는 것은 아니다. 하지만 꿈에서 멀어진 사람들은 다른 사람이 업신여긴다고 민감해하거나, 끝없이 다른 사람과 비교하면서 물질을 추구하거나, 건강과 아름다움을 추구하기 위해 더욱 애쓸지도 모른다.

인생의 어느 시점이 되면 '남에게 보여주기 위한 헛된 꿈'을 꿈꾸지 않을 자유를 만끽해야 한다. 내 꿈의 유효함을 타인의 증명으로부터 확인하지 말자. 안 되는 일을 할 필요도 없거니와 할 수 있는 일을 굳이 하지 않을 이유도 없다. 자기 자신을 수많은 생명체 중의 하나로 여기는 도인까지 될 필요는 없지만 수많은 사람 중의 한 명임을 깨닫는 것도 중요하다. 어느 시기가 되면 자신을 사람 중의 한 명으로 인정하도록 압박받는 순간이 있다. 그러면 심사숙고를 통해 과감하게 내면의 소리를 따라야 한다.

　헛된 꿈에서 해방되려면 자기 자신의 있는 그대로의 모습을 보여주는 용기가 필요하다. 언제까지 있는 척, 높은 척, 아는 척하며 마음 졸일 이유가 없다. 물론 그런 척하는 것이 통하면 잠깐의 우쭐함이나 편리함이 있겠지만 감내해야 하는 손실이 너무 크다. 무의식적 수준에서도 인간 무리 중의 한 명으로 자신을 받아들인다면 주위에서 일어나는 수많은 일과 관련하여 열등감이나 분노가 자주 일어나지 않는다. 타인을 피할 필요도 없고 그렇다고 매달릴 이유도 없다. 관계 속에서 발생한 일 때문에 홀로 고민을 오래 하지 않아도 된다.

인생의 헛된 꿈이 사라져도 하루의 일상이 초라하더라도 숨거나 자책할 필요가 없다. 내가 사람의 무리 가운데 멋지고 우뚝 서지 않아도 괜찮다. 굳이 진취적으로 무엇을 달성하지 않아도 되고 어쩔 수 없이 해야 하는 일을 부족하게라도 했다면 성공한 삶이고 하루이다.

꿈에서도 헛된 꿈이 사라지면 마음의 평온이 찾아온다. 마찬가지로 하루의 좌절과 부끄러움을 오늘 중으로 없애버린다면 잘 살고 있다고 보아도 괜찮지 않을까! 타인이 만든 강하거나 약한 허상을 좇으려는 투쟁으로부터 해방의 기쁨을 누리길 원한다. 자주 나이스(nice)하지 않은 자신에게 잘 버티고 있다고 다독이면 바깥세상과 상관없이 그렇게 되어 있을 것만 같다. 나이스 하지 않다고 나이브한 것은 아니기에!

*

| 2장 |

마음의 상처로부터 온 위로

01
망상에 갇히고 싶은 순간

"성인이 된 후 문득 희망은 막연할 뿐이고,
자신감은 젊음의 패기로 포장되지 않을 수도 있음을 깨닫게 된다."

일반 대중이 말하는 망상과 정신의학에서의 망상 (delusion)은 다르다. 대중은 얼토당토않은 생각을 지닌 사람에게 망상에 사로잡혔다고 말하지만 그러한 망상을 말하는 사람도 그것이 비현실적이라는 사실을 알고 있다. 하지만 정신의학에서 의미하는 망상은 말하는 사람이 그것을 진실로 믿는다. 혼자만 확신하는 데 그치면 크게 문제가 없지만 다른 사람과 관련된 망상은 여러 사람을 힘들게 하거나 다치게 할 수도 있다.

예를 들면, 옆집 사람이 자신을 괴롭히기 위해 우리 집에 나쁜 공기를 주입시키고 있다는 망상, 배우자가 자신을 죽이기 위해 밥에 독을 지속적으로 타고 있다는 망상 등이다. 어떤 경우에는 공상 영화 같은 망상도 가지는데 자신의 몸속 칩이 자신을 조종한다거나 TV 속의 인물과 자신이 소통하고 있다고 믿기도 한다.

그렇다면 정신의학적 망상을 왜 하게 될까? 다양한 원인을 제시하고 있지만 명확한 인과관계를 발견하지 못하고 있다. 개인의 특수한 신체적, 심리적 조건이 망상을 발현하도록 만들겠지만 하나의 가설은 다음과 같다. 우선 신체 혹은 심리적으로 불편하고 두렵거나 불안하고 고통스럽거나 자존감이 상실되는 현상이 발생하게 된다. 이후 인간은 그것을 어떤 방식으로든지 스스로 이해하고 받아들여야 하는데 이때 만든 독특한 사고체계가 망상이다.

예컨대 머리가 아픈데 원인도 모르고 해결할 수가 없으면 옆집 사람이 나쁜 공기를 주입해서 그러하다고 확신한다. 혹은 남편이 부인을 너무 미워해서 죽이고 싶은 마음이 가득한 경우를 가정해 보자. 그는 죄책감을 덜기 위해 거꾸로 부인이 자신을 독살하려 한다고 의심하고 부인을 미워하는 자신의 행동을 정당방위로 생각한다. 또한 자신의 통제할 수 없는 행동에 대한 수치심을 몸속 칩의 조종이라고 확신하여 자존심을 회복하는 경우이다. 또 다르게 현실의 단절이 너무 고통스럽고 지루하여 TV 속 사람과 의사소통하다가 그것을 실제라고 여기는 것에서 찾을 수 있다.

일반 대중의 망상도 어느 정도 정신의학적 망상과 다를 바 없다. 자신이 현실에서 업신여김을 당하고 욕구를 충족하지 못하거나 신체적 또는 정신적인 괴로움에서 헤어날 길이 없으면 망상 속에 빠진다. 그러한 망상 속에 갇히면 그 순간은 행복할 수 있고, 고통이나 자존감 상실에서 잠깐 벗어날 수도 있다. 사람들이 언제나 현실을 직시하고 자신을 있는 그대로 볼 수는 없다. 좀 과장하면 사람들은 먼 미래의 망상을 희망이라고 부르고 가까운 미래의 망상을 자신감이라고 비유하기도 한다.

인간은 희망과 자신감을 상실하면 살아내기가 참으로 어렵다. 희망과 자신감이 망상이 되지 않으려면 어떻게 되어야 할까? 나이가 어릴수록 희망과 자신감은 망상 수준이라고 해도 오히려 기백이 있다고 칭찬받을 수도 있다. 물론 희망과 자신감은 오늘날 사회 내에서 있을 수 있는 일들에 한정된다.

어떤 아이가 미래에 수천억 또는 수조를 버는 사람이 되겠다거나 세계의 대통령이 되겠다고 하더라도 지지할 수 있다. 그러나 아이가 손가락 움직임으로 이 세상 사람을 죽이고 살릴 수 있다거나, TV 속에 들어가서 누구를 만나겠다고 한다면 아이의 희망과 자신감으로 볼 수는 없다. 사람들은 나이가 들면서 자신이 수천억을 벌기 어렵고 누구를 손가락으로 죽이고 살릴 수도 없다는 사실은 쉽게 알 수 있다.

성인이 된 후 문득 희망은 막연할 뿐이고, 자신감은 젊음의 패기로 포장되지 않을 수도 있음을 깨닫게 된다. '지금도 괴롭고 내일은 더욱 고통스러울 것이다.'를 알게 될 때 마음은 어떻게 대처하게 될까? 살기 위해 망상에 갇히는 것이 더 좋겠다고 무의식이 응답할지도 모른다. 사람이 궁핍한 생활로 내몰리면 자기 마음대로 수백억 원의 수표를 만들어서 사용할 수 있다는 망상으로 잠시 피난처를 만들지도 모르겠다.

혹자는 타인으로부터 심하게 핍박을 받으면 자신이 전지전능한 신이기 때문에 하찮은 세상의 일 따위에 신경 쓰거나 참여할 필요가 없다고 단정할 수 있다. 그리고 자신을 칸막이 속에 가두어 편해지는 것이라기보다는 괴로움을 피하는 생존 전략을 선택하게 된다. 짧거나 길거나 은둔형 외톨이로 빠지는 이유가 되기도 한다.

현실이 힘들 때, 가끔은 자신이 전지전능한 신이라는 믿음으로 세상사에 참여하지 않는 사람이 차라리 편해 보일 때도 있다. 그러나 대부분의 망상적 사고는 그 당사자를 괴롭힌다. 어쩌면 그들의 괴로움을 망상으로 해석한 것인지도 모른다. 망상 속에서도 자신의 고통은 그대로 존재하고, 그 망상으로 인해 주위 사람들도 괴로움에 빠지기를 반복한다.

사람들에게 망상적 사고는 사막에서의 신기루처럼 잠깐이나마 괴로운 현실에서 도피할 수 있다는 환상을 주기도 한다. 하지만 빠른 속도로 그들의 직장, 가정, 대인관계 속 여전히 존재하고 있는 상황을 인지하기 마련이다. 비겁하거나 슬프고 초라하거나 고통스럽고 짜증 나는 일상이 망상으로 피할 수 없음에 대해 묵묵히 적응해 나간다.

　반면, 현실 전체를 망상으로 덮은 사람은 행복할까? 정신병원의 침실에서 자신에게 올 수 있는 방법을 친절하게 알려주고 있는 한 사람이 있다. "이곳 울릉도로 오려면 돌다리(베개)를 밟고 물에 빠지지 않게 잘 건너와야 한다."라고 하는 이 사람은 행복하게 살고 있는 것일까! 그에게는 어떠한 책임을 묻거나 그 말이 틀렸음을 증명하기 위해 논쟁하거나 간섭하는 사람도 없다. 그 사람은 행복할까?

02
마음대로 되지 않는 마음 달래기

"사람이 자신의 마음을 조금 달랠 수 있는 방법은
'지금 이 찰나에만 산다.'란 명제를 되뇌는 것이다."

　마음을 다룰 수 있을까? 심리학자, 정신의학자, 도인, 초
월자 등이 이에 대한 해답을 내놓고 있지만 명쾌함을 가장한
모호함이 난무할 뿐, 여전히 잘 모르겠다. 차라리 마음을 없
애는 편이 나을지도 모르겠다. 그렇다고 마음이 사라지도록
만들 수도 없는 일이다.

　잠시라도 마음을 떠나보내기 위해 아찔하고 공포스러운
놀이 기구를 타는 이벤트를 만들거나, 직관적이고 그럴싸한
유튜브의 썸네일 여행을 어젯밤 하지는 않았을까! 어찌 되었
든 사람들은 마음을 달래거나 풍랑이 일어나지 않도록 애쓰

기를 반복한다.

인간은 즐겁거나 행복하다고 느낄 때 마음을 보려고 하지 않는다. 반면에 슬프고 고통스러울 때 마음을 들여다보고 헤쳐 나가려고 여러 가지 수단을 강구하지만 뜻대로 되지는 않는다. 우울한 마음이 의지에 따라 갑자기 생동감을 얻거나 불안한 마음을 달랜다고 바로 편안해지기도 어렵다. 대부분의 사람은 어느 정도 슬프고 불안하거나 우울하고 죽고 싶기도 하다가 즐겁고 우쭐해지기도 하며 짧거나 긴 불안정한 평안함을 반복할 수밖에 없다.

하지만 늘 불안하거나 불편하며 지치고 우울하거나 죽고 싶은 마음에 갇혀 있다면 무언가 대책을 세워야 한다. 그래서 어떤 사람은 맛있는 음식을 찾아다니거나 치유를 위한 운동에 온 힘을 다하기도 하고, 시간만 나면 낚시를 위해 전국 다니기도 한다. 이는 시간과 비용을 지불할 수 있다면 유용한 자구책이 된다.

반면에 술, 도박, 섹스, 마약의 늪 속에 빠진다면 경제적 비용은 물론이고, 중독으로 인해 야기되는 심각한 손상 및 고통은 상상할 수 없을 정도이다. 이것들은 신체 중독으로 인한 갈망이 마음의 통제 범위를 넘어서기 때문에 걷잡을 수 없는 폭풍 속으로 개인을 밀어 넣는다.

예컨대 술에 중독되면 살기 위해 술을 반복적으로 마실 수밖에 없다. 마약은 더 심하여 삶의 모든 중심이 마약과 연결되어 황폐화의 길로 퇴행할 수밖에 없다. 술이나 마약은 마음의 고통을 피하고 쾌락을 얻기 위해 시작되었지만 자신도 모르게 술과 마약의 가시덩굴 속에 파묻혀 꼼짝달싹 못하게 된다. 마음을 달래려는 자구책이 마음을 옥죄는 돌덩이로 변하게 된 것이다.

마약은 어떤 경우라도 법적 제재를 받게 되어 제외하더라도 술, 도박, 섹스를 통해 불안하고 우울한 마음을 벗어나서 잠시의 쾌락을 얻는다면 좋은 것이 아닌가. 어떤 사람들은 술, 도박, 섹스에 중독된 쾌락에 의지하여 삶을 버티기도 한다. 이것들을 무조건 혐오 대상으로 지정하여 사회세계에서 말끔하게 정리할 수도 없다.

술은 소수에게는 마약과 같지만 대부분의 성인은 어떠한

형태로든지 사용한다. 정신을 온전하게 하거나 치료를 위해 도박을 활용하기도 하고 섹스와 관련된 합법 혹은 불법적 활동이나 사업이 엄청나게 존재한다. 심지어 마약의 경우에도 삶의 마지막 고통을 피하기 위해 합법적으로 활용하기도 한다. 이것들은 아주 오래전부터 마음의 고통 및 쾌락과 관련된 실체들이다.

대부분의 사람들은 일상생활에서 마음의 평정을 얻는 도에 이르기가 어렵기 때문에 마음의 흔들림에서 오는 불안, 우울, 괴로움을 겪는다. 나이가 들면서 사람들은 술, 섹스, 도박, 운동, 취미와 같은 합법과 불법의 경계에서 자신만의 마음을 달래는 방식을 찾기도 한다. 하지만 나이가 어릴수록 마음의 흔들림으로부터 오는 고통과 불안의 해결책을 나름 대로 찾기란 쉽지 않다.

오늘날 한국은 학교라는 울타리를 벗어나면 불안과 두려움이 더욱 크게 시작된다. 물론 학교가 안전하고 행복하다고 말하려는 것은 아니다. 한국인들은 대학이든지 고등학교든지 간에 학생이라는 일종의 사회적응의 유예 기간을 지나게 되면 홀로 가는 삶을 두려워하기 시작한다. 어떤 사람들은 힘들게 노력해서 원하는 직장이나 직업을 얻지만 적응의 과정이 너무 힘들기도 하다.

또 다르게 직장이나 직업에 어느 정도 적응했다고 하더라도 미래 비전을 전혀 발견하지 못한다면 절망감은 클 수밖에 없다. 예컨대 직장에 적응해도 혼자서 살아갈 경제적 보상을 받지 못한다거나 매일의 출근이 죽기보다 힘든 지경에 이르는 경우이다. 원하는 직장이나 직업을 얻지 못한 사람들은 더 큰 마음의 부담과 불안 그리고 절망감을 지닐지도 모른다.

성인이 되어 결혼을 하고 가족을 구성한다고 하더라도 마음의 평온을 찾기가 더 어려울 수도 있다. 끊임없이 다른 사람이나 가족과 비교되는 삶, 가족 내부 구성원의 불화, 생계문제 등으로 마음이 힘들다. 그리고 현실적으로도 못살게 구는 상사, 노부모의 돌봄, 어린 자녀의 돌봄, 부부간 갈등, 최근에는 아파트 층간 소음으로 집안에 있어도 늘 마음이 편치 않은 사례도 흔하다.

사람들은 마음이 평온한 상태가 지속되기를 소망한다. 하지만 그러한 마음을 달성하기가 어렵고 혼란과 불안의 파고를 지나 생활할 수 있는 정도의 편안함을 반복한다. 그러다가 원인을 알 수 있거나 없는 사유로 마음의 괴로움이 오래 지속되기도 한다. 오늘날 사람들은 살아갈 수 있는 최소한 마음의 편안함을 얻기 위해 각자의 방법으로 최선을 다하고 있다. 다만 그것이 미래에 더 큰 괴로움을 가져오는 일이 되지 않았으면 하는 바람이다.

　마음을 쾌락 상태는 아니더라도 지나친 슬픔과 괴로움으로부터 벗어나도록 만들 수 있을까? 인간은 해결할 수 없는 마음의 부담이 생기면 숨 막히는 압박감에서 벗어날 수 없다. 오래전, 중학교 통합교실에서 자원봉사를 하시는 분으로부터 전해 들은 중증지체장애 학생의 이야기이다. 여름 종업식이라 2시간도 채 안 되는 교과 시간인데도, 땀을 콩죽처럼 흘리며 아이를 둘러업고 1시간 30분 뒤에 다시 또 와서는 땀을 흘리며 아이를 업고 갔다고 한다. 자원봉사자는 그렇게 하는 엄마의 마음을 이해하지 못해 이야기했으리라.

　그 마음을 다 어찌 헤아리겠냐마는, 어머니는 2시간도 안

되는 짧은 시간이라도 마음의 부담을 내려놓기 위함이 아니었을까. 매일 그렇게라도 마음의 해방을 통해 자신을 추슬러 가고 있었는지도 모르겠다.

사람이 자신의 마음을 조금 달랠 수 있는 방법은 '지금 이 찰나에만 산다.'란 명제를 되뇌는 것이다. 밥을 먹는다면 밥 먹는 일에, 업무를 한다면 업무를 하는 일에, 친구와 대화를 한다면 대화를 하는 일에, 상사가 압박을 한다면 그 순간만 생각하고 마는 것이다. 하루 중에도 수없이 많은 일들이 끊임없이 만들어지고 사라진다면 그대로 두면 된다. 흘러가도록 내버려야 두어야 할 내 시간에 일시정지와 구간반복 기능을 적용시키지 말자.

애써 마음을 안정시키려거나 내일 있을 일에 긴장하거나 미래에 있을 일을 걱정하는 대신에 이 순간 내가 하는 그 일만 생각하면 된다. 이것은 연습이 필요하다. 언제나 내 마음을 거슬리게 하는 일들이 발생한다. 자신을 무시하는 것 같은 인간들, 일부러 고통스럽게 만드는 것 같은 동료들, 하는 일의 반복 실패, 괴로움에 빠트리는 사건들로 인해 찰나에 집중하기 어려운 상황들이 끊임없이 만들어진다.

다른 대안이 특별히 없다면 '지금 찰나의 집중'을 반복하는 연습을 통해 미래에도 찰나에 몰입할 수 있는 힘을 키울 수 있다. 그러다 보면 초월자가 지니는 마음이 없는 상태는 만들 수 없더라도 슬픔, 좌절, 절망, 고통, 우울 그리고 자괴감으로부터는 어느 정도 벗어나서 하루하루의 희로애락 속에 참여하는 사람이 되어 있을지도 모른다. 그렇다고 하더라도 인간은 마음을 마음대로 다룰 수 없다는 진리는 여전히 유효하다.

03
'마음 내려놓기'는 한참 후에

"새로운 활동들로 과거의 화나 수치심을 덮는 것은
마음이 약하다고 생각하는 사람들에게 필요하다."

'마음 내려놓기'는 평범한 사람들이 잘 사용할 수 없는 상
술적 용어이다. 행복한 사람은 마음을 마주 볼 필요가 없다.
고통을 지닌 사람만이 마음을 자꾸 생각하고 마음을 조종해
보려고 하지만 소용이 없다. 마음을 들여다보는 대신에 마음
을 생각하지 않는, 즉 다르게 말하면 불안과 괴로움이 떠올
라 오지 않는 일들에 몰두해야 한다. 홍수가 되어 밀려오는
강물을 막으려고 거기에서 발버둥 칠수록 물에 먹히고 만다.
그때는 물이 없는 산으로 도망치면서 물에서 멀어지는 실제
적 노력이 필요하다.

마음 내려놓기는 특정한 사람들에게는 해당될 수도 있다. 그러나 진실로 마음 내려놓기를 해야 하는 사람들은 전혀 그럴 생각이 없이 탐욕을 이어간다. 반면에 평소에도 마음을 자주 들여다보고 성찰하고 반추하는 사람들은 조그마한 갈등이나 부끄러움에도 마음 내려놓기를 시전 하려고 더욱 마음을 힘들게 한다. 어찌 보면 마음 내려놓기라는 과제는 허상이고 언변가들의 상술에 불과할 뿐이다.

마음 내려놓기에 관심이 있는 사람들은 세상사의 일들을 마음과 연결하려는 자세가 강하다. 그들은 속죄적 반추를 통해 마음 내려놓기를 시도하는 데 이는 마음을 더욱 괴롭힌다. 대신에 새로운 세상사를 계속 접하고 그곳에서 희로애락을 겪어야 한다.

일상사의 수치심이나 분노는 새로운 활동을 통해 자연스럽게 떠나도록 만들어야 한다. 과거의 수치심과 분노에 대해 마음 내려놓기를 시전할수록 분노와 수치심의 골짜기에 갇혀서 마음이 더욱 불타도록 만든다. 새로운 활동들로 과거의 화나 수치심을 덮는 것은 마음이 약하다고 생각하는 사람들에게 필요하다.

마찬가지로 욕심을 절제하기 위해 마음 내려놓기를 선택할 필요는 없다. 왜냐하면 욕심을 내려놓을 수 있는 평범한 사람이란 애초에 없기 때문이다. 다른 사람보다 우위를 점하거나 값비싼 자동차나 집을 사고 명품을 사거나 고가의 해외여행을 가기 위해 악을 쓰는 것은 욕심이다.

이러한 욕심들을 마음에 담아 두면 둘수록 자존감이 낮아지고 타인과 비교하는 열등감 속에서 불행해진다. 그러나 이를 벗어나기 위해 마음 내려놓기라는 새로운 멍에를 가지고 올 필요가 없다. 욕망을 객관화하고 다룰 수 있는 힘을 길러 마음속의 욕심이 힘을 쓰지 못하도록 하는 것이 더 좋은 선택이다.

어떤 경우 마음 내려놓기에 몰두하기보다는 신체 움직임에 도움을 얻는 편이 훨씬 나을 수도 있다. 마음과 신체는 연결되어 있다. 신체로부터 마음이 도움을 받을 수 있고 마음으로부터 신체가 도움을 받을 수 있으며, 반대로 좋지 않은 영향을 상호 받을 수도 있다.

예컨대 외부 활동 없이 가만히 집안에만 있는 사람들은 만성피로증후군을 겪을 가능성이 높다. 그들은 가만히 있는 것이 아니라 마음속의 전투가 치열하게 진행되고 있기 때문에 저녁이 되면 잠을 잘 수 없을 정도로 기진맥진해진다. 백수가 과로사한다는 말이 우스갯소리로만 치부될 수 없어 보인다. 그들은 정신노동을 아침부터 밤까지 하는 것이니 당연히 피로하고 무기력해질 수밖에 없다. 대신 몸을 움직이는 육체노동을 통해 개인을 갉아먹는 정신노동의 힘 빼내기를 반복하는 것이 좋다.

마음 내려놓기는 겉보기에 매혹적인 고통 평정 도구인 것처럼 보이지만 가능하지 않은 허상이다. 마음 내려놓기에 매달리기보다는 차라리 개인적으로나 사회적으로 인정받는 일에 몰두하는 편이 낫다. 반성적 성찰을 지나치게 반복하는 사람은 마음을 들여다보는 대신에 다른 마음을 계속 첨가하는 것이 더 나을지도 모른다.

마음 내려놓기는 모른 체하고 있어도 중년 즈음, 자연스럽게 그 사람에게 찾아오는 과제가 된다. 그때까지는 내 마음에 유화를 그려보자. 두껍게 두껍게 새로운 색으로 덧칠해나가 보는 모험을 계속하는 것이 어떨까!

04
마음이 커지면 아픔이 따른다

"때로는 잉여가 되어 버린 그 공간이 비워진 채
채워지지 못하면 혼돈에 빠질 수 있다."

마음의 확장은 머릿속에 지식이 축적되는 것을 넘어 생화
학적이고 정서적인 차원까지도 포함한다. 새로운 사실들을
축적하고 이전의 진리를 대체하는 과정을 반복하면 신체와
감정이 동반되는 변화로 이어진다. 그러하지 않은 앎이란 단
지 스쳐 지나가는 기호에 불과하다.

몸과 마음, 그리고 사회세계를 포함하는 역동적 지식 습득
은 마음의 공간을 확장시킨다. 마음이 커지면서 동반된 정
신의 에너지도 확대되며 이는 인간이 마음대로 조절할 수 없
다. 마음의 공간과 에너지가 확대된 개인은 그 속에 계속해

서 새로운 내용물을 채우거나 힘을 사용할 대상들을 찾아나가야 한다.

그렇게 하지 않으면 커져 버린 마음의 공간에 망상이나 공상이 가득 들어차거나 더 많은 에너지를 감당할 수 없는 뇌가 요동을 칠 수도 있다. 혹은 감정 변화의 폭이 커져서 두려움, 공포, 우울과 같은 정서가 마음의 통제 범위를 벗어날지도 모른다.

사고를 확대하는 수많은 지식과 감정을 담는 마음의 공간은 자연스럽게 넓혀지기도 하지만 개인의 성실과 시행착오를 통해 변화된다. 변화가 다 좋은 것만은 아니다. 때로는 잉여가 되어 버린 그 공간이 비워진 채 채워지지 못하면 혼돈에 빠질 수 있다. 큰 아이는 어릴 때 많은 책을 읽었는데 아직도 생각나는 말이 있다. 초등학교에 입학하기 이전에 수많은 위인전을 읽고 나서 한다는 말이 모든 위인전의 마지막에는 '그렇게 죽었다.'로 표현되어 있다고 읽기가 싫다고 했다.

그 당시에는 큰 의미 없이 지나쳤지만 지금 생각해 보니 위인들의 삶을 간접 경험한다는 사실에만 의미를 두고 아이의 커진 마음의 공간에는 관심을 두지 않았다는 안타까움이 남아 있다. 좀 과장하면 '사람은 누구나 죽는다.'라는 허무감과 냉소로도 덜 채워진 공간이 있었을 것이며, 파노라마로서 역동감과 서사의 활기참을 한참 뒤에나 알았을지도 모르겠다.

트라우마(trauma)란 개인이 안전하고 사멸되지 않는다는 의식적이고 무의식적인 신념을 부수어 버리는 사건의 경험으로 발생한다. 인간은 자신이 알고 있거나 직·간접으로 체험한 진리 혹은 신화(myth)에 갇혀 안전하게 지낸다. 그러나 트라우마를 겪게 됨에 따라 기존의 질서와 안정이 흐트러지면서 앎, 정서 그리고 뇌의 생화학적 균형을 잃어버린다.

그 과정에서 마음은 공간 확대를 요구받고 새로운 구조를 정립하도록 압력을 받는다. 이러한 마음의 혼돈은 단기간에 안정화되기 어려우며 개인에 따라 긴 시간 동안 괴로움과 침체를 겪기도 한다. 압도된 정서에서 벗어날 수 있는 힘을 되찾은 사람은 인간 삶의 본질을 찾아가는 도구를 발견할지도 모른다.

트라우마로부터 균형을 회복하지 못하면 몸과 마음의 흔들림을 어찌할 수 없는 상태가 유지된다. 그렇게 되면 동시대의 인간 삶으로부터 멀어지거나 의식적 감정 통제를 전혀할 수 없게 된다. 또 다르게 몸속의 에너지 흐름에 압도되어 주체적 삶을 상실할 수도 있다.

그들은 의욕을 상실한 채 허우적거리거나 과대한 욕망으로 실제를 왜곡할 수도 있다. 또한 과도한 두려움이나 공포를 지니고 고립된 삶을 살아갈지도 모른다. 이 모든 것은 확장되어 버린 마음을 어찌할 수 없는 인간 나름대로의 대처 방식일 수 있다.

앎과 경험이 부족한 어린아이일수록 마음의 확장은 조금씩 서서히 진행되어야 한다. 어린아이가 동년배보다 앞선다고 과도한 지식을 머릿속에 집어넣거나 지나치게 격정적으로 감정을 소비시키지 않아야 한다. 감당할 수 없는 지식이나 정서를 아이에게 요구한다면 마음을 확장시키는 것이 아니라 자신을 지키기 위해 거부 반응을 보이게 된다. 아이의 거부 반응은 다양하며 자신이나 타인을 해하거나 인간 본성과 멀어져서 회복하지 못하도록 만들 수 있다.

준비되지 않은 마음의 확장을 압박하는 것은 생명체를 파괴하는 행위이다. 어린아이부터 어른에 이르기까지 마음의 공간이 커져야 하지만 준비가 부족하다면 기다려주어야 한다. 마음의 공간은 외부에서 압박한다고 쉽게 확장되는 것이 아니다. 오히려 하루하루 반복되는 내면의 인내로부터 준비될지도 모른다.

어찌 되었든 마음 커짐은 일종의 성장통이 따르지만 잘 달래고 어루만지면서 서서히 확대해 나가야 한다. 마음의 확장은 의도한다고 이루어지는 것이 아니라 무언가를 간절히 바라며 수행하는 오랜 시간 이후에 찾아온다. 혹은 폭풍우와 같이 휘몰아치는 개인의 체험으로부터 순식간에 이루어질 수도 있다. 마음이 확장되는 것은 인간의 성장을 위해 바람직하지만 꽤 많은 시간 다독이는 과정이 필요할지도 모른다.

05
마음이 보내는 고통

"어디서 어떻게 달래가야 할지 갈피를 잡지 못하더라도
'내가 알고 있다.'란 응답이라도 해 주자."

 고통이란 아픔의 쳇바퀴에서 헤어나지 못하는 늪과 같다.
모든 고통 중에서도 가장 참을 수 없는 것은 몸에서 나오는
아픔이다. 누구도 생애말 환자의 종일 지속되는 신체적 통증
을 감당할 수 있다고 장담할 수 없다. 차라리 자신의 감각을
제거하는 편이 훨씬 인간적일지도 모른다. 그래서 말기암 환
자의 고통을 줄이기 위해 마약 성분의 진통제 사용을 법적으
로 허용한다.

 아마도 신체의 통증은 일종의 무언가가 잘못되고 있으니
확인하고 살길을 빨리 찾으라는 신호이다. 피부가 찢어지면

빨리 꿰매라고 따갑고, 위장이 헐면 치료하라고 메스꺼운 현상으로 드러낸다. 현대 의학으로도 어쩔 수 없는 말기암도 우리 몸에서는 극한의 통증으로 빨리 치료해달라 아우성을 보내는 것은 아닐까.

그렇다면 마음의 고통은 어떠할까? 그전에, 마음은 어디에 있고 어떻게 작동할까? 수많은 심리학자가 무수한 마음의 작동 원리들을 제시하고 있으며, 또한 그럴듯하다. 그러나 그렇게 많은 마음 작동 이론들로부터 인간이 느끼는 고통을 어찌하지 못하는 것도 사실이다. 예컨대 어떤 계기가 있는 불안한 마음이야 다독일 수 있지만 '그냥' 안절부절못하는 마음을 어떻게 다룰 수 있겠는가.

그렇다면 마음이 보내는 고통을 어떻게 대해야 할까? 신체적 고통과 마찬가지로 무시하지 않아야 한다. 마음의 고통이 큰 사람들이 이를 해결하기 위해 마음 작동 이론들을 공부하기도 한다. 나쁘지 않다. 그러나 어떤 사람들에게는 마음을 자꾸 들여다보는 것이 더 마음을 힘들게 할지도 모른다. 예컨대 상처 난 곳에 지나치게 관심을 가져 헤집는다면 그 상

처는 아물기도 전에 덧나 큰 병으로 이어지기도 하기 때문이
다.

마음이 주는 고통은 각자의 방식으로 치유해 나가야 한다.
예를 들면, 어떤 사람은 운동으로, 어떤 사람은 독특한 취미
로, 어떤 사람은 죽기 살기로 돈 버는 행위로, 어떤 사람은
글쓰기로, 어떤 사람은 사회적 활동으로, 어떤 사람은 종교
활동으로, 어떤 사람은 유튜버로, 어떤 사람은 텃밭 가꾸기
로, 어떤 사람은 사회적 명예를 좇으며, 어떤 사람은 힘을 추
구하는 방식을 말한다.

마음의 고통은 아이와 청년, 중년, 노년이 다르다. 아마도
아이의 마음 고통은 가장 가까이 있는 힘 있는 어른이 만들
어 주었을 가능성이 높다. 청년의 고통은 자신을 알아가면
서 어떻게 살아야 할지를 찾지 못한 절망감에서 비롯될 수
있다. 중년의 고통은 일상의 삶에 치이고 치여 더 이상 악다
구니를 할 수 없다는 신호일 수 있다. 노년의 마음 고통은 더
이상 살아야 할 이유를 발견할 수 없는 체념에서 비롯된 것
일지도 모르겠다.

인간은 고통의 쳇바퀴에서 헤어나지 못하는 늪에 빠지면 통제하거나 이해할 수 없는 반응을 무의식적으로 내놓을지도 모른다. 마음의 고통은 마음이 아프다고 돌봐달라는 간절한 신호이다. 어디서 어떻게 달래가야 할지 갈피를 잡지 못하더라도 '내가 알고 있다.'란 응답이라도 해 주자.

그리고 마음의 고통으로부터 벗어나고자 애쓰는 누군가에게 무언가를 해주고 싶은가? 그렇다면 고통의 의미나 목적을 조사하는 심판관이 되지 말고 깃털 같은 작은 이유라도 귀 기울여 들어보자. 그게 전부일지도 모른다.

06
선 넘은 사랑이 만든 파멸

"너를 위한 좋음이란 없다,
다만 가스라이팅(gaslighting)만 있을 뿐이다."

지나치게 극단적 표현이나 행동은 마음속 불안이나 혼란과 같은 겁심(怯心)과 관련이 있다. 자신이나 타인을 너무 사랑하면 그 대상을 파괴시킬지도 모른다. 자신을 너무 사랑하는 사람은 완벽을 추구하거나 조그마한 자존심의 상처에도 견디지 못한다. 또한 실패를 지나치게 두려워하거나 욕먹을 자리에 나가는 것을 힘들어한다. 그들은 외롭고 단절된 생활을 할지도 모른다. 왜냐하면 타인의 성취를 인정하거나 진정으로 타인의 기쁨과 슬픔을 공감할 수 없기 때문이다.

자신을 지나치게 사랑하는 것만큼 타인에 대한 동일시적 사랑도 모두를 힘들게 한다. 연인에 대한 지나친 사랑은 자주 신문의 사회면에 등장한다. 그들은 자신이 사랑하는 연인을 실제로 자신의 목숨만큼 사랑한다고 여길지도 모른다. 자신이 죽도록 사랑하는 만큼 상대방도 알아주고 상응하는 만큼 대해주길 바란다.

그들은 홀로 수많은 사랑의 그림을 그리며 상대방을 위하고 아껴 주다가 또 홀로 상대에 대해 실망하고 분노한다. 자기가 한 만큼 상대가 몰라주기 때문이다. 연인을 향한 지나친 사랑으로 고통을 겪는다면 이별이라는 방식을 통해 빠져나올 수 있다. 그러나 연을 끊을 수 없는 사람으로부터 받는 지나친 사랑이라는 가혹함은 평생의 괴로움이 되고 삶의 방향을 바꾸기도 한다.

피할 수 없는 과도하고 강압적인 사랑은 부모와 자녀 관계에서 발생한다. 부모는 너무나 사랑하는 자신의 분신인 자녀의 미래를 위해서 집요한 압박을 시도한다. 자녀는 어리기 때문에 부모의 미래 비전이 무엇이고 그것을 달성하면 무엇이 좋고 자신이 그것을 이룰 수 있는지를 알 수가 없다. 또한 부모 세대의 경험과 자녀 세대의 삶의 문제는 완전히 다르다. 그리고 부모가 완벽한 계획을 했다고 하더라도 자녀가 그것을 수행할 수 있는 능력이 있는지는 별개이다.

혹여 부모의 자녀에 대한 미래 계획과 자녀의 반응이 어찌 굴러가게 된다면 그나마 다행이지만 어긋나면 둘 사이에 심각한 문제가 발생한다. 둘 사이에 발생한 사랑의 에너지는 자칫 더 견고한 미움으로 전환될 수 있다. 즉, 사랑으로 채워진 마음의 공간에 사랑 대신에 미움의 에너지가 자리 잡게 되는 것이다.

부모의 숨겨진 원망은 '그래, 커서 사회에 나가봐야 알지, 내 말 안 들어서 얼마나 고통스럽게 평생 살아가는지, 그때 후회해도 늦어.'를 주문처럼 되새길지도 모른다. 한국의 부모들은 초 · 중 · 고 12년만 죽기 살기로 공부하면 평생 편안하게 살 수 있는데 자녀들이 너무 모르는 것에 안타까워하고 분노한다.

부모의 분노와 불안은 지극히 자신의 경험에 근거한다. 좋은 학벌이 성공으로 가는 길이라고 확신한다. 학벌로 돈독하게 연결된 그들만의 관계망(이너서클)을 통해 서로를 끌어주어 쉽고 편리하게 굴러가고 있는 실체를 직 · 간접으로 보기 때문이다.

어떤 경우에는 막연하게 자녀들이 '남들'에 포함되지 못할 것 같다는 불안감이 이유가 되기도 한다. 예컨대 남들 다 가는 서울에 있는 대학, 남들 다 가는 대기업, 남들 다 가는 좋은 직장에 자신의 사랑하는 자녀가 함께하지 못하고 이탈하는 두려움을 말한다. 한국 사회에서 남들에 포함되지 못하면 어떻게 되는지를 자신의 좌절과 체험을 통해 뼈저리게 느끼고 있기 때문이다.

부모는 자신의 기준이 신념이 되어 미래의 자녀 전망을 확신받고자 고문과 같은 방식으로 압박한다. 그 기준과 방법은 좀 더 촘촘해지고 있다. 평판이 좋은 대학을 가는 것만으로 이제는 성공의 확실성을 보장받을 수 없기 때문이다. 따라서 부모는 보다 안전하고 평안한 생을 유지할 수 있다는 의대 입학으로 자녀 성공의 타이틀을 획득하기를 원한다. 자녀의 지능과 부모의 지원이 가능할 때 고려할 수 있겠지만, 대다수의 자녀는 불필요하거나 가능성이 낮다.

부모는 자녀가 두 발을 디디고 서기가 무섭게 내 아이의 남다름을 알아채고 '이렇게 똑똑한 아이를 제대로 키우지 못하면 아이의 재능을 망치는 것이야.'라고 스스로 거룩한 사명감을 부여하기 시작한다. 그리고 자녀에게 '다 너를 위한 것이야.'라고 겁박하거나 달랜다.

그러나 너를 위한 좋음이란 없다, 다만 가스라이팅(gaslighting)만 있을 뿐이다. 자녀에 대한 학대와 고문이 교묘해질 뿐, 결국에는 사랑과 미움의 에너지를 교환하게 된다. 대가는 둘 다 크게 치르게 된다. 그중에서 운 좋게 사회적 성취를 한 소수의 사람 중에는 그것을 보상받기 위해 그런 위치에 올라오지 않는 사람들을 은근히 멸시하거나 드러나게 폭력을 행사할 수도 있다.

한국이나 세계 대부분의 나라에서 선택하고 있는 초 · 중 · 고 · 대학 시스템에서 유능성을 발휘한다면 확률적으로 사회적 지위나 경제적 부를 얻을 가능성이 높다. 하지만 부모의 마음속 사랑이라는 에너지만으로 자녀들을 그런 유능성 시스템에 올라가도록 만들 수는 없다. 선천적 또는 사회적 운이 따라야 하고 모두의 희생과 노력이 필요하기도 하다. 그것을 달성한 사람에게도 인간 삶의 불확실성이 여전히 기다리고 있다.

부모의 과도한 압박과 기대를 몸과 마음이 버텨내지 못하는 청소년들은 일탈과 비행 그리고 알 수 없는 반항으로 자신을 지키려고 한다. 이렇게 되면 부모와 자녀 모두 무엇을 어떻게 해야 할지 방향을 잃어버린다. 그때는 너무 늦은 시기인지도 모른다. 그래도 할 수 있는 일이 있다면, 자녀가 아니라 부모가 해야 한다.

인본주의자 로저스(Carl Rogers, 1902~1987)의 말을 빌리자면 자녀의 방황이나 일탈로부터 자신의 삶을 살도록 길을 찾아주기 위해서는 '조건 없는 긍정적인 관심'을 오래도록 실행해야 한다. 인간의 삶은 짧은 것 같지만 참으로 길기도 하다. 인간은 자신의 길을 스스로 찾아갈 수 있다.

잠깐 돌아가는 것도 계획되어 있는 일이고 넘어지는 것도 정해진 것이라고 생각하면 어떨까! 다르게 보면 방황하는 것과 넘어져 있다는 것도 보는 사람의 입장일 뿐이다. 즉, 그렇게 보려는 사람들의 입장 그 이상도 이하도 아니다.

우리는 가까운 사람에게 지나치고 내일이 없을 것 같은 사랑을 주고 있는 것이 아닌지 생각할 필요가 있다. 그것이 서로에게 좋은 결과를 가져오는 사례는 드물고 대부분 상처와 괴로움을 남긴다. 자녀가 너무 사랑스럽다면 공부 잘하라고 협박하지 말자. 대신 모든 인간이 행복하게 살아갈 수 있는 방편을 만드는 일에 열중하는 것이 나을지도 모른다.

왜냐하면 그런 과정이 자녀의 미래에 대한 불필요한 불안과 걱정을 없애주기 때문이다. 그들의 자녀는 나름의 방식으로 세상에 적응해 나갈 것이다. 인간의 걱정과 불안은 자기 자신의 잣대에서 나온다. 자녀는 부모의 잣대에 의해 판단되지 않고 조건 없는 사랑을 받으면 자신의 삶을 살아갈 힘을 만들어낼 수 있다.

오늘날 한국에서 청소년들이 사회의 전통적 틀 속에서 초·중·고를 지내고 있는 자체가 대단한 성공이라 할 수도 있다. 그 이후에 힘을 지닌 청년들이 그들의 일을 찾아갈 것이다. '내 자녀가 하루 중 잠시라도 웃고 떠들었고, 내일도 약간 기다린다면 그 또래의 성공적인 삶을 살아가고 있다고 믿자.' 이러한 삶이 쌓이면 또 다른 성공, 그리고 삶을 지속하고 유지하는 힘을 스스로 축적하는 것이 된다.

07
세상에서 제일 큰 슬픔이 변할까

"누구든지 타인에게 그것이 세상에서
가장 슬픈 일이라고 단정하여 말할 수는 없다."

세상에서 가장 슬픈 일은 사람마다 다르고 또 특정 시기에
따라 다르다. 청소년기에는 일부러 세상에서 가장 슬픈 사람
이 되고 싶은 욕망을 실현시키기 위해 슬픈 흉내들을 내기도
한다. 노년기에는 누구도 찾지 않고 병든 몸의 통증을 고스
란히 인내해야 하는 것이 가장 큰 슬픔일지도 모른다.

어떤 면에서 보면 시기마다 단편적으로 개인에게 찾아오
는 슬픔은 견딜 수 있을 것 같다. 그런데 인생의 한 시점에서
우연히 마주한 사건이나 일로 인해 이번 생 끝까지 슬픔을
안겨줄 수도 있다. 이때 세상에서 제일 큰 슬픔이 되는 순간

일지도 모른다. 예컨대 교통사고로 평생 휠체어로 이동해야 한다든지, 갑자기 시력을 잃어버린다든지 등의 경우이다.

인간의 힘으로 해결할 수 없는 평생의 슬픔이 찾아온다면 느리지만 자신의 방법으로 받아들이는 시간을 가질 수밖에 없다. 복합적이고 단계적인 감정의 변화에 좌절하거나 당혹해하기도 하다가 결국에 자신이 살아갈 방도를 스스로 찾아야 함을 알게 된다. 그들은 일상의 순간마다 직면하는 좌절, 절망, 안타까움과 실제 느껴지는 수치와 혐오를 견디어야 할지도 모른다. 그때마다 잘 참아왔던 슬픔이 폭발하거나 내면을 후벼 파거나 삶의 의욕을 좌절시킬 수 있다.

평생의 슬픔을 안고 가야 하는 상황이 생기면 대개 사람들은 다음과 같이 대응한다. 일단 그 상황을 받아들이지 못한다. 예컨대 자녀가 발달장애라고 진단을 받더라도 온갖 수단 방법을 동원하여 일반적인 발달 과정에 참여시키려고 노력한다. 그들은 수많은 치료와 상담, 그리고 굿도 하고 종교의 힘을 빌리기도 하면서 자녀를 인간 발달의 일반적 과정에 참여시키기를 원한다. 그러한 과정에서 좌절과 절망을 겪으면서 자신에게 화를 낸다. 또한 주위에 있는 사람들에게 분노하고 누구든지 한 명만 걸리라고 하는 심정으로 살아갈 수도 있다.

이렇게 분노의 에너지를 표출한 이후에는 크게 침잠할 수 있는데 이를 일반적으로 깊은 우울 상태로 빠진다고 본다. 모든 의욕을 상실하고 될 대로 되라는 식으로 막가는 삶을 선택할 수 있다. 그리고 삶의 의욕이나 의미와 목표를 상실한 채 죽지 못해 살아간다. 평생 슬픔으로 사는 많은 사람은 이러한 상태로 삶을 살아갈지도 모른다. 그러다가 큰 좌절이 오면 이성을 잃고 분노를 표출하였다가 또다시 좌절하는 절망의 일상사를 이어갈 수 있다. 얼마나 힘든 삶일까! 겪어보지 않는 사람은 알 수가 없다.

평생의 슬픔을 안고 가야 할 사람 중 소수는 좌절, 불안, 우울, 절망의 순간을 잘 견디어 새로운 통찰의 세계로 들어갈 수 있다. 그들은 자신에게 주어진 슬픔에만 압도당하지 않고 인생에서 해야 할 일들을 사회의 문화와 규범 속에서 찾아간다. 일희일비에서 벗어나서 있는 그대로의 자신을 바라볼 수 있는 성찰자가 된 것이다.

그들은 자신이 누려야 하는 사랑의 감정을 회복하고 지극히 인간다운 일들에 집중하고 죄스럽지 않은 즐김을 유지할 수 있다. 때때로 황홀경에 빠지는 것은 아닐지라도 기쁨에 충만한 느낌을 경험할지도 모른다. 그리고 미래에 대해 크게 불안해하지도 않는다. 아마도 죽음이라는 인간 누구나 겪어야 하는 절대 불안의 문제를 나름 해결해 나가는 과정 중에 있기 때문이다.

세상에서 가장 슬픈 일은 무엇일까? 다른 사람은 알 수 없다. 세상에서 가장 슬픈 일은 각자의 가슴속에 남아 있는 아픔과 괴로움이다. 누구든지 타인에게 그것이 세상에서 가장 슬픈 일이라고 단정하여 말할 수는 없다. 젊은 시절 첫사랑에게 실패하였을 때 그것이 세상에서 가장 슬픈 일이고 세상을 버리고 싶은 충동을 느꼈을 수도 있다.

또다시 한 10년 지나면 어떤 시험에서 떨어졌을 때 그것이 세상에서 가장 슬픈 일이고 이번 생을 망치는 일이라는 절망에 빠졌을 수 있다. 그 후 10년이 지났을 때 자녀로 기인되는 괴로움에 절망의 구렁텅이에 빠져 더 이상의 슬픈 일은 없을 것이라 단정했을 수 있다.

또다시 10년이 지났을 때 경제적 파산으로 길거리에 나 앉았을 때 세상의 가장 슬픈 일이라고 한탄했을 수 있다. 이후 또 10년이 지났을 때 병들고 늙어 있는 자신에게 더 이상 고독사가 남의 일이 아님을 느꼈을 때 세상의 가장 슬픈 일로 여겨질 수 있다.

하지만 마지막으로 우주의 고독하고 외로운 기운으로 사라질 때는 세상의 슬픔이라고 말하기보다는 평안함, 혹은 일체감이라 불러도 좋을 것 같다. 세상의 가장 슬픈 일은 그때 그때 바뀌기 마련이다. 언젠가는 슬픔으로부터 성찰받은 자가 얻었을 '이번 생의 가장 슬픈 일이 일어나고 있는 오늘은 사라진다.'라는 진리를 깨닫고 싶다.

08
제4차 멜랑콜리아 전성시대

"이제 한 줌 남은 낭만으로서의 멜랑콜리아는
사라지고 무찔러야 할 악으로 규정되어 있다."

멜랑콜리아(melancholia)는 질병으로 우울증을 표현하기
이전 시기의 다소 낭만적인 우울과 슬픔을 지칭하는 용어이
다. 과거 위대한 철학자나 시인 등이 멜랑콜리아를 지녔고,
또한 그것이 그들의 신비함이나 인간 고뇌의 폭을 확장시켜
주는 도구로 일컬어지기도 했다. 아래 내용은 멜랑콜리아와
관련된 저자의 픽션(fiction)이지 이론이나 학설에 근거한 것
은 아니다.

태초에 왜 인간은 우울하고 슬프고 괴롭고 고통스러웠을

까? 태초의 인간들이 겪은 우울의 침습을 제1차 멜랑콜리아 시기라고 해보자. 그들은 어떠한 전통으로부터도 죽음의 의미를 헤아릴 수 없었다. 그런데 늘 옆에 있던 자신과 같은 존재가 어느 날 사멸하는 충격을 반복적으로 겪었을 것이다.

그들은 오늘날 말하는 세련된 애도가 아니라 공포와 슬픔을 달래기 위해 주술적 몰입이 필요했다. 그것들이 바로 현재까지 남아 있는 무덤이나 죽음과 관련된 예술일지도 모르겠다. 오늘날 고대의 많은 유물은 앞서 사라진 인간에 대한 슬픔과 우울로부터 벗어나기 위한 노력들로 산 자의 공포를 달래는 흔적일 수 있다. 이는 전 세계 공통의 산물이며 우리나라도 예외는 아니다.

그렇다면 우리나라만의 독특한 공동체 전체를 아우르는 멜랑콜리아 시기가 있었을까? 여기서는 이를 제2차 멜랑콜리아 시대로 명명하고 신분제가 고착화되고 유지된 시기로 가정해 본다. 조선시대에 절정으로 이른 태어나면서 양반과 상놈으로 구분되어 정해진 숙명에 기인한 우울과 슬픔이 집단 전체에 맴돌던 시대를 일컫는다.

이는 공동체 모든 구성원의 정서에 포함되어 있고 한국인의 한(恨) 또는 화병으로 전달되고 있다. 소수의 양반을 제외한 출생으로 시작된 억울함과 억압이 슬픔과 우울의 문화에 담긴 시대를 말한다. 매우 길고 긴 시간이 지속되어 왔다.

한국은 여러 차례 이민족에 의해 탄압을 받았지만 현재까지 연결된 역사적 사건은 일제 강점기라고 할 수 있다. 이를 제3차 멜랑콜리아 시대라고 가정해 보자. 당시 일본의 식민통치의 결과로 나타난 대중의 우울과 슬픔은 자살자의 급증으로 이어졌다. 그러나 조선총독부는 정신착란이나 신경쇠약으로 원인을 돌렸다. 1926년 2월의 동아일보 논설에서는 '자살이 조선인 간에 많이 나타난 것은 십 년 내외의 일'이라고 언급하였다. 그리고 자살의 원인이 절망을 강요하고 불안과 공포를 부추기는 사회 분위기에 있다고 주장하였다.

36년간의 일제 강점기는 그 어느 시기보다도 우리나라 사람들에게 아픔과 슬픔을 준 기간이었다. 자살이 어느 정도로 큰 사회 문제였는지는 한강에 '잠깐 기다리시오.'라는 팻말에서 알 수 있었다. 조선총독부는 우리나라 사람의 자살을 정신착란이나 신경쇠약과 같은 개인의 마음에서 비롯된다고 홍보하였다. 그러나 당시의 지식인이나 신문에서는 일제의 식민 통치의 결과라고 주장하였다. 일제의 앞잡이로 살아간 소수를 제외하고 공동체의 대부분 구성원은 멜랑콜리아 시기를 살았다고 할 수 있다.

현재까지 이어진 거대한 멜랑콜리아 분위기를 제4차 멜랑콜리아 전성시대라고 가정해 보자. 이는 1997년 외환위기 이후 일반 대중이 자신의 의지와 상관없는 거대한 인간성 상실의 흐름과 맥을 같이한다. 1997년 이후로 한국 사회는 인간이 인간을 우울하도록 만드는 생활양식, 즉 문화가 광범위하게 작동하고 있다.

제4차 멜랑콜리아 전성시대에서는 모든 인간의 문제를 개인에게 덮어씌우고 있다. 또한 스스로 독립된 삶을 살아가지 못하는 사람에게 우울병질자로 명명하고 기계의 부품과 마찬가지로 수리하여 사용되기를 압박하고 있다. 또한 어떤 수단을 쓰더라도 물질적이고 사회적인 완전한 독립을 쟁취하지 못한 사람을 패배자로 규정하고 있다.

그리고 순순히 국민 개조 패턴에 참여하지 않는 사람을 우울병질자로 취급한다. 멜랑콜리아 전성시대의 한국은 자신을 해하는 사람이 전 지구에서 최상으로 많다. 또한 자신의 기쁨과 의미를 전달하는 다음 세대를 이어갈 힘도 마찬가지로 전 세계에서 최고로 상실하고 있다.

이제 한 줌 남은 낭만으로서의 멜랑콜리아는 사라지고 무찔러야 할 악으로 규정되어 있다. 음습한 멜랑콜리아의 기운은 모든 지역과 세대를 아우르고 있으며 어디서 어떻게 탈출해야 할지 아무도 모르거나 모른 척하고 있다. 제4차 멜랑콜리아 전성시대가 언제 어떤 모습으로 사라질지 지금은 감을 잡을 수가 없다.

09
괜찮은 일상 중독

"개인의 평안과 행복은 마음과 신체를
무엇 또는 어떤 형태로 중독시키는가와 연관이 있다."

'중독'이라고 하면 모두가 두려워하는 말이고 관념이다. '중독자'라고 명명된 순간 무서운 폭력자로 인식되거나 안쓰러운 연민의 낙오자로 취급된다. 혐오스럽고 저주받는 중독자는 마약 중독자 또는 알코올 중독자로 알려져 있으며, 대부분의 사람에게는 가깝지 않은 이야기이다. 여기서는 마약 중독이나 알코올 중독의 무서움이나 고통 그리고 해결 방안이 아니라 일상의 중독에 대해 말하려고 한다.

인간은 정도의 차이가 있지만 중독된 삶을 살고 있다. 개인은 아침에 일어나서부터 밤에 잠을 잘 때까지 반복되는 독특한 형태를 유지한다. 이를 일상 중독이라고 명명할 수도 있다. 어떤 학생이 매일 집에서 새벽 3시까지 핸드폰을 만지작거리다가 학교에 가서는 수업 시간에 잠을 자는 패턴을 반복한다면 이것도 일상 중독의 하나이다. 직장인이 직장뿐만 아니라 집이나 휴식 시간에도 업무에 대한 생각만으로 가득 차서 다른 것들을 돌보거나 마주하지 않는다면 이것도 일상 중독 중 하나라고 할 수 있다. 다르게 보면 일상이란 중독된 마음과 신체의 무의식적 반복 활동일지도 모른다.

개인의 평안과 행복은 마음과 신체를 무엇 또는 어떤 형태로 중독시키는가와 연관이 있다. 예컨대 부모가 아이의 마음과 몸을 공부하는 무의식적 반복 형태로 중독시키려고 겁박하고 달랜다고 하더라도 모든 아이에게 적용되지 않는다. 만약 아이가 유전적으로 받아들일 수 있고 운도 잘 맞아떨어진다면 부모의 바람대로 일상의 공부 중독으로 이어질 수 있다.

그렇다고 이러한 중독 패턴이 그 아이의 성취나 행복으로 바로 이어지는 것은 아니다. 소수를 제외한 나머지의 대부분

아이는 몸과 마음이 중독되지 않고 하루하루 의식적으로 괴로운 반복적 흉내 내기를 시전하고 있을 뿐이다. 그들은 어떤 계기가 되면 몇 년을 반복적으로 유지해 왔든지 일상의 공부 중독으로부터 탈출한다.

일상 중독은 타인에 의해서 형성되는 것이 아니라 개인 스스로 오랜 기간 만들어 가야 가능하다. 왜냐하면 일상 중독은 마약 중독처럼 신체가 바로 반응하거나 고통스러운 노력 없이 찾아오는 것이 아니기 때문이다. 또한 일상 중독의 결과로 오는 기쁨이나 쾌락은 마약 중독이나 알코올 중독의 즉각적 쾌락과 비교되지 않을 정도로 크기가 작다.

예컨대 어떤 청소년이 본드를 통해 얻는 마음의 쾌락 정도가 형광등 만 개가 작동하는 것이라고 가정해 보자. 대신 공부 중독으로 얻는 일시적 기쁨은 형광등 열 개 정도의 만족이라 할 수 있다. 마찬가지로 인터넷 게임에서 오는 열광적 기쁨은 일상의 공부 중독에서 오는 즐거움과는 비교할 수 없을 정도로 크다. 인간은 삶의 목적이나 의미를 발견하기 전까지는 사회적으로 인정받는 일상 중독의 패턴을 만들기가 쉽지 않다.

인간은 나이가 들수록 무엇인가에 중독되어야 한다. 인류의 안녕과 행복을 위해 헌신한 위대한 인물들도 일상의 중독자들이다. 그들은 목표로 삼은 사상 또는 과업을 해결하기 위해 시간의 흐름을 잊고 살았는지도 모른다. 또한 사소하거나 심각한 마음과 신체의 원초적 결합으로부터 해방되는 자유를 만끽했을 수도 있다. 때때로 그들은 심각한 위축과 심연의 불안을 마주하게 되지만 곧장 자신만의 인생 목표를 향해 진전해 나갔을 것이다. 그들의 일상 중독은 인간이 지닐 수밖에 없는 생로병사의 고민으로부터 잠시 벗어나게 하거나 자주 잊도록 만들었다.

인간은 일상의 중독된 삶을 살지 않으면 원초적 불안이 스멀스멀 온몸을 휘감을 수도 있다. 자신과 다른 사람을 사랑하는 인생의 목표를 회피하거나 인정하지 않는다면 인간을 갉아먹거나 황폐화시키는 단기 쾌락적 중독으로 나아갈 수밖에 없다. 예컨대 어릴 때는 인터넷 중독으로 진행되고, 나이가 들면 알코올 중독으로 나아가거나, 운과 상황이 나쁘면 마약 중독에 빠질지도 모른다. 나이가 들어감에 따라 개인적으로 사소하거나 큰 삶의 의미와 기쁨 그리고 목적이 사라진

오늘을 통과 중인 당신에게

다면 순간의 쾌락을 반복하는 나쁜 중독에 자신도 모르게 끌려들 수밖에 없다.

　등산 중독에 빠진 사람이 비가 오는데 우산을 쓰고 산에 가는 행위와 알코올 중독자가 자녀의 저금통을 부수어 술을 사는 것을 똑같은 중독 현상으로 볼 수는 없지 않겠는가. 마음과 신체의 불쾌한 질문으로부터 벗어나기 위한 일상 중독은 그것이 몸과 정신을 해하지만 않으면 즐겁게 시도해도 좋지 않을까. 자신의 의지와 기쁨에 의한 일상 중독의 10년은 외부의 강압에 의해 마지못해 당하는 1년의 일상 중독 요구보다 훨씬 짧은 기간으로 느껴질지도 모른다. 한두 가지 괜찮은 일상 중독에 몰입된 사람은 평안한 삶을 유지할 가능성이 높다.

10
당신은 외로움 방패를 찾았는가

"어느 정도 나이가 들면 인간으로부터
구원받는 외로움에 초연해야 한다."

자신만이 오롯이 감당해야 하는 외로움은 처절한 아픔이
지만 남이 알아주는 외로움은 낭만으로 보일 수도 있다. 외
로움에 대한 사전적 정의는 있지만 여기서는 '지탱할 수 있는
모든 존재가 사라진 불안한 마음 상태'라고 부르고 싶다. 외
로움은 사람에 의해 생기기도 하고 사라지기도 하지만 반드
시 대상이 살아 있는 외부 생명체에 의해서만 좌지우지되는
것은 아니다.

외로움의 현실적 해소 방안은 역시 사람이다. 학생이었을
때는 수업 이외의 시간을 함께할 수 있는 단 한 명의 친구만

있어도 외롭지 않다. 성인이 되어 방황할 때는 가족만이라도 무조건 지지를 해 준다면 외롭지 않다. 결혼을 해서는 남편이나 아내만 내 편이 되어 준다면 외롭지 않다. 인간에 의한 외로움 해소는 함께 지내는 단 한 사람이라도 지지하거나 진실로 서로 좋아하거나 같이 할 일이 있으면 가능하다.

어떤 경우에도 관계에 기생하는 외로움 해소 방안을 생각하지 않아야 한다. 예컨대 직장에서 동료를 통해 원초적 외로움을 해결하려는 시도는 더 큰 외로움에 직면하도록 만들 수 있다. 상호 이익을 추구하거나 경쟁적인 직장에서는 일이나 업무 중심으로 친밀도를 형성해야 외롭지 않게 된다.

동료 직장인도 얼마든지 일시적 외로움에서 벗어나는 데 도움을 줄 수 있지만 지속가능성이 크지 않다. 그것을 인정해야 외롭지 않게 된다. 직장 동료가 영혼의 외로움 방패가 되기를 바라는 것은 어리석거나 더 큰 외로움을 가져다줄 뿐이다.

어느 정도 나이가 들면 인간으로부터 구원받는 외로움에 초연해야 한다. 그렇다고 한국 사회 특유의 계모임이나 동창회 모임에 가지 말라는 것도 아니다. 또한 자신의 이야기를 잘 들어주는 사람들과의 관계를 억지로 차단하라는 것도 아니다. 기질적 특성이나 상황에 따라 여러 가지 공·사적 모임이 있다면 중년 이후에도 잘 살피며 다니는 것이 정신적으로나 신체적으로 좋다. 다만 그런 모임이나 사람들로부터 외로움을 없애려는 시도가 자신을 더욱 외롭게 한다는 말이다.

나이가 들어서는 인간과의 연결로부터 외로움을 해결하려는 시도는 아픔과 좌절을 가져온다. 그리고 또 다른 외로움 의존에 엮이며 자신을 잃어버릴 가능성이 높다. 예컨대 중년 이후의 공허함을 배우자, 자녀, 동료나 연인, 일회적 즉석만남 등으로 감정을 휘발하려고 한다면 외로움 쳇바퀴에 빠져 허우적거릴 가능성이 높다. 인간 대 인간의 만남 그 자체를 존중하고 서로 도움이 되도록 해야 부가적인 결과로 외로움도 잠시 떠나보낼 수 있다. 자신의 외로움을 해소하기 위해 다른 사람, 즉 가족이라도 도구로 삼는다면 서로에게 상처만 남기게 된다.

나이가 들면서는 옆에 있는 사람이 아닌 대상으로부터 외로움 방패를 찾아야 한다. 얼마 전 어느 도시에서 홀로 사는

지체장애인이 유서를 쓰고 사망한 지 2개월이 지나서 발견되었다는 인터넷 기사를 보았다. 기사 내용이나 댓글에서는 왜 사회가 그 사람을 돌보지 않았냐는 한탄과 자조가 대부분이었다.

그 장애인의 일상을 한번 생각해 보자. 최소생계비를 국가로부터 지원받아 하루하루 연명은 할 수 있지만 그러한 삶의 지속이 개인의 존엄함과 동일한 의미로 과연 보이겠는가. 국가를 위해 살아주어야 하는지, 아니면 담당 공무원이 면책받지 않기 위해 목숨을 유지해야 하는지 말이다. 홀로 감당했을 외로움을 상상하기 쉽지 않다. 그분의 외로움 방패는 무엇이었을까? 있었길 바라볼 뿐이다.

나이가 들면서는 개인의 성향이나 삶의 방식에 따라 옆에 있는 사람이 아닌 다양한 외로움 방패를 찾아야 한다. 굳이 거창할 필요는 없다. 자신의 삶 속에서 고귀하고 집중할 수 있으며 단기적으로나 장기적으로 조그마한 결과물이 나올 수 있는 외로움 방패를 찾아야 한다. 그러한 외로움 방패를 찾아야 가까운 사람에게 쓸데없는 외로움 투쟁으로 서로에게 상처를 입히지 않을 수 있다. 그 결과로 사람에게서도 외로움 방패를 부지불식간에 얻게 된다. 각자의 외로움 방패는 서로를 보호해 주기도 한다.

11

절대 고독이 당신을 지켜줄 것이다

"자신이 도저히 감당할 수 없다고 직감하게 되는
그 순간이 바로 '절대 고독'을 향유해야 할 때이다."

고독이란 홀로 남겨져 두렵고 공포스러운 감정을 말한다. 드라마나 영화에서 고독은 주인공을 부각하는 좋은 주제나 장면이지만 현실에서는 그러하지 않다. 혼자 있고 싶다고 고함치는 사람일수록 자신을 돌봐달라는 호소이거나 함께 있어달라는 애원일 수도 있다. 고독은 사람을 성장시키고 생산적인 일들을 수행할 수 있는 동력이지만 끝이 보이지 않는다면 인간이 감당하기 어렵다.

인생의 어느 시기가 되면 자신이 감당하기에 벅차다고 느끼는 시련을 마주할 수도 있다. 그렇다고 모른 척 피해 갈 수도 없고 도무지 어떻게 해야 할지 갈팡질팡하면서 참을 수 없는 압박감을 감당해 내어야 한다. 어린아이와 같이 절대적으로 의존할 수 있는 부모나 어른이 있다면 고독에 빠지지 않는다. 투정을 부리거나 비행을 저지르거나 신체적 증상으로 드러낼 수도 있다. 그러나 어느 누구도 돌보아 줄 수 없는 상황에 직면한 어른은 고독이 힘겹고 해결책을 발견하기도 쉽지 않다.

인간은 피할 수 없는 절망과 혼돈에 빠지면 의지하고 싶은 사람에게 의식적으로나 무의식적으로 그것을 드러내고 지지를 받고 싶어 한다. 하지만 이 기간이 너무 오래 지속되면 모두가 떠나거나 지치게 된다. 어리면 어릴수록 힘든 삶을 그대로 보여주는데 보통 말이 아니라 행동을 한다.

예컨대 내일이 없는 것처럼 어떤 일에도 참여하지 않거나, 크게 다치거나 위험한 행위들을 일상화한다거나, 동물적 본성을 그대로 드러내는 것을 말한다. 그러나 나이가 들면 보다 교묘한 방법으로 표현하지만 자신뿐만 아니라 관련된 다른 사람도 힘들고 지치게 만든다.

힘들고 고통스러운 시기에 있는 아이들은 내면을 잘 이해하여 성인이 다독거려 줄 필요가 있다. 그러나 성인은 자신의 고난에 대해 누구로부터 과도하게 응원이나 동정을 받고 싶은 마음을 스스로 자제해야 한다. 그래야만 평정심을 되찾고 자신의 일에 집중하게 된다. 그리고 걱정한다고 해결되지 않는 미래에 얽매이지 않게 된다.

　자신이 도저히 감당할 수 없다고 직감하게 되는 그 순간이 바로 '절대 고독'을 향유해야 할 때이다. 예컨대 힘들다고 과도하게 누군가에게 기대거나 자포자기의 심정으로 무모한 선택을 하는 것을 그만두고 가만히 물 흐르는 대로 자신이나 상황을 그대로 두는 것이다. 오롯이 혼자 그 속에 들어가 있어 보는 것이다.

　그러면 어느 날 갑자기 마음이 평안해지거나 괴로움이 급격히 줄어들지는 않는다. 그러나 긴 시간이 흐른 뒤에는 그러한 사실들이 삶의 일부가 되어 그렇게 받아들여져 있을지도 모른다. 어느 순간 캄캄한 동굴에서 벗어나 바깥에 있게 된다. 그리고 또다시 인생의 어느 시기에 어떤 동굴 속에 있는 자신을 발견할 수 있다. 그때는 이미 고독을 즐기는 습속이 생겨 자연스럽게 받아들이고 있을지도 모른다.

사람은 젊은 시절에 자신의 비참함을 드러내어 타인의 동정심을 얻어 보려는 미성숙한 관심 끌기로 시간을 보낼 때도 있다. 다른 사람에게 얻는 마음의 지지나 지원은 오래가지도 못하고 오히려 사람 무리로부터 쫓겨날 수도 있다. 대부분 성인은 시행착오를 겪으면서 인간에게는 타인과 함께 나눌 수 없는 절대 고독이 존재함을 알게 된다. 그리고 절대 고독을 스스로 즐기면서 포용하는 훈련의 반복도 필요함을 인식한다.

절대 고독을 즐기는 하나의 방법은 아무도 자신을 알아주지 않는다는 투정으로부터 벗어나야 한다. 그렇다고 말과 행동을 통해 얼마든지 해결할 수 있는 상황을 절대 고독을 향유해야 하는 시기로 잘못 이해할 필요는 없다. 인간이 해결할 수 없거나 인간이 해결한다고 하더라도 오랜 시간이 걸려야 하는 문제는 자신만의 절대 고독으로 대응해야 한다. 예컨대 아프면 병원에 가서 치료를 받거나 질병을 확인하는 길을 택하지 않고 가까운 사람에게 계속해서 어디가 아프다고 하소연하면 언젠가 모두가 지치게 된다. 그리고 그 개인은 아픈 사람으로 규정되고 그렇게 대우받게 된다.

인간은 아프고 병들고 죽는 것을 피할 수 없다. 또한 일상의 두려움과 공포는 늘 존재하고 언제나 기쁘고 행복하지도 않다. 이 모든 것은 절대 고독의 차원에서 개인이 품고 가야 한다. 마른 나뭇가지 위에 다다른 까마귀가 기꺼이 되어 보자. 아름답지 않으면 어떠랴, 두 날개로 상처로부터 멀어지면 그만이지.

12
'죽음이라는 집착'에 갇히지 않을 방도

"죽음 집착은 모든 희망이 사라져 절망에 갇힌
사람들에게 뒤따르는 괴로움의 산물이다."

집착의 사전적 의미는 '어떤 것에 마음이 쏠려 잊지 못하고 매달리는 현상'을 말한다. 집착은 개인적 또는 사회적으로 좋은 결과물을 얻을 수도 있다. 하지만 집착은 개인을 고통 속에 빠트린다. 언제 어디서나 혹은 잠을 자면서도 그 일에 매달리게 되기 때문이다. 무엇이든지 간에 버려지지 않거나 혼란스럽고 짜증 나고 지치게 만드는 집착은 사람들에게 크나큰 괴로움을 안겨준다.

인간이 해결할 수 없는 집착 중에 으뜸은 죽음 집착이다. 석가모니를 비롯한 많은 종교지도자의 화두이기도 했다. 죽음은 일반 대중에게 문득문득 한 번씩 떠오르는 삶을 생동감 있게 만드는 자극제이면 가장 좋다. 하지만 어떤 개인은 하루 종일 죽음이 정신을 지배하고 더 나아가서는 죽음 불안으로 전전긍긍할지도 모른다.

그들은 음식도 죽지 못해 먹거나, 죽음으로부터 오는 불안을 방어하기 위해 운동하고 노래하고 춤추고 사람을 만나거나 돈을 벌기도 한다. 죽음 집착으로부터 오는 괴로움과 혼란으로부터 회피하고자 그들은 다양한 활동을 죽기 살기로 한다.

죽음 집착에서 벗어나기 위해 공동체에서 장려하는 일을 한다거나 운동을 하거나 취미 활동을 하는 것은 장기적으로 개인에게 도움이 된다. 그러나 개인과 사회를 파괴하는 일들로 도망간다면 그것으로부터 벗어나는데 또 다르게 목숨을 걸어야 한다. 그렇지 않으면 그 속에서 허우적대다가 인간 존엄을 상실하고 그야말로 죽지 못해 사는 인생으로 바뀔지도 모른다. 거대한 늪 속에서 허우적거리는 생명체로만 남겨진다.

인간에게 죽음 집착은 크게 두 가지에서 뚜렷해진다. 하나는 모든 것을 다 이루었다고 느꼈을 때이고, 다른 하나는 아무것도 이룰 가능성이 없거나 모든 것이 사라졌을 시기이다. 개인에 따라 다르지만 둘 다 살아야 할 의미나 재미를 상실한 상태라고 할 수 있다. 죽음 집착은 모든 희망이 사라져 절망에 갇힌 사람들에게 뒤따르는 괴로움의 산물이다.

절망에 갇힌 사람들은 점차로 죽음 집착과 죽음 불안 더미에 의해 신체와 정신이 옴짝달싹하지 못하게 된다. 그리고 그들은 그곳에서 영원히 빠져나오지 못할 것이라고 자포자기한다. 그들은 잠깐의 취미나 운동 그리고 사회적 일들로 도피하지만 다시 큰 늪 속에서 허우적댄다. 그들은 어떤 것도 스스로 할 수 없는 사태가 다가온다고 느낄 때 좌절을 넘어 공포를 겪게 된다.

어떤 개인이 죽음 집착에 갇히게 되면 그것으로부터 벗어나기 위해서는 긴 세월 동안 괴로움에 머무르며 참아내야 하는 시간이 필요하다. 그리고 그것을 견뎌내지 못하면 스스로 사멸하고자 시도할 수도 있다. 개인적 특성에 따라 죽음 집착이나 불안 따위는 근처에도 오지 않는 사람도 있지만 어떤 사람들은 너무 쉽게 찾아오기도 한다. 죽음 집착 칸막이에 갇힌 사람들이 너무 많아진다면 공동체 전체가 죽음 집착에 쌓여버릴 수도 있다.

죽음 집착으로 벗어나기 위해 사회적으로 승인되는 일을 수행한 소수의 사람들은 인류사적으로 위대한 업적을 남기기도 한다. 왜냐하면 그들은 죽음 집착이라는 거대한 정신 에너지와 같은 크기로 평생 어떤 일에 집착하기 때문이다. 인간에게 죽음이란 모든 것을 의미하기 때문에 그 반대의 에너지도 엄청나야 대응이 가능하다. 이러한 마음의 힘을 현실적 과업에 쏟아붓기 때문에 일반 대중의 업적과는 큰 차이가 날 수밖에 없다.

그러나 모든 사람은 죽음 집착에 빠지지 않았으면 좋겠다. 왜냐하면 괴로움이 너무 크고 삶의 다른 즐거움을 없애버리기 때문이다. 죽음 집착은 늘 마음속에 불안을 만들고 스스로 통제하지 못하면 약물에 의지하거나 자신을 해하는 일들에서 일시적 안정감을 찾지만 더 큰 수렁으로 빠진다.

사람들은 죽음 집착과 같이 모든 마음을 빼앗아 버리는 폭풍이 아니라 잔잔한 바람에서 살고 싶어 한다. 즉, 슬픈 일을 겪고 나서 얼마간 지나면 기쁜 일이 생기거나 화나는 일이 발생한 후에 다시 평안해지길 바란다. 또 다른 긴장이 생기지만 하루가 지나가고 또 내일의 평온함이 기다리는 세상을 원한다.

죽음의 순간은 모두가 동일하지만 그 과정은 다르다. 우리가 동일한 죽음의 순간만 상상하며 긴긴 생을 살아갈 수는 없다. 오늘날 독거노인의 고독사를 방지한다고 AI 시스템을 활용하여 그들의 생사를 매일 감시한다. 독거노인이 사망한 지 수일이나 수개월이 지나서 발견되면 관련 공무원뿐만 아니라 국가나 사회의 잘못을 엄중히 지적하는 기사로 넘쳐난다.

그러나 우리가 간과하고 있는 지점이 있다. 단지 죽음을 홀로 맞이한다는 공포를 대중에게 던질 것이 아니라 그 죽음이 있기까지 수개월부터 수년 수십 년간 혼자 고립되어 살아왔을 그 사람을 생각해야 한다. 수십 년간 홀로 고립되어 죽음 집착과 함께 살아온 사람이 단 몇 시간 혹은 사멸 후 바로 사회가 발견했다고 해서 그 사람에게 뭐 그리 큰 위안거리가 되겠는가!

13

죽음이 당신을 자유케 할 것이니

"안팎에서 동굴의 문을 닫아버린다면
고립과 단절만 기다릴 뿐이다."

　예전에 몸담고 있었던 대학의 교훈이 '진리가 너희를 자유
케 하리라.'였다. 여기서 진리는 죄로부터 자유로워져 기쁨과
평화를 누리게 된다는 의미이지만 그 깊이를 유창하게 설명
할 능력을 가지고 있지는 않다. 여기서 가져온 말이 '죽음이
당신을 자유케 할 것이니.'라는 표현이다. 언뜻 보면 생을 마
감하기를 부추기는 의미인 것 같지만 반대의 뜻을 내포한다.

　어렸을 때 부친이 반복해서 하신 말씀이 "집 안에 누워 있
으나 산에 가서 누워 있으나 매한가지."라고 하시면서 새벽
부터 저녁까지 어떤 일이라도 하셨다. 비용–효과적인 경제

적 관점으로만 접근하면 효율성이 낮은 일도 하셨지만 계속 움직이셨던 건 사실이었다. 여든이 넘어 신체적으로 허약하여 제대로 몸을 가눌 수 없을 때까지 운전도 하시고 과수원 일도 그대로 하셨다. 아마도 산에 가서 누워 있기 싫어서 그랬던 거 같다.

 사람이 살다 보면 하기 싫은 일도 있고 피하고 싶은 사람도 있다. 하지만 싫은 일과 피하고 싶은 사람을 반복해서 마주할 수밖에 없다면 궁극적으로 개인을 피폐하게 만든다. 그들은 그런 모든 것들을 피해 도망가고 싶어지고 동굴이 있다면 문 닫고 앉아 있고 싶을지도 모른다. 그리하여 세상과 칸막이를 하고 동굴에 스스로를 가두어 둘 수 있다면 마음을 다치고 비난받거나 흉물의 대상으로 낙인찍히지 않아도 된다. 회피한다고 문제가 해결되지 않는다는 것도 이미 알고는 있다.

 그럼에도, 인간은 어떤 순간 또는 잠깐 자신만의 동굴을 찾아 들어가야 한다. 여기에는 두 가지 난제가 있다. 하나는 자신만의 동굴을 어떻게 발견할 것인지의 문제이다. 또 다른 하나는 동굴에서 얼마만큼 있을 것인지이다. 자신의 동굴을 찾기란 무척이나 어렵다. 어떤 사람은 자신만의 동굴을 찾지 못하면 사회 전체를 동굴로 만들어 버리고 그 속에 자신이 들어가지 않는 선택을 한다. 그것도 하나의 동굴 형태라고 할 수 있는데, 그렇다면 동굴에 얼마만큼 있어야 하는지가 관건이다.

보통 사람들은 주말에 하루나 이틀, 아니면 일과 외 시간이나 휴가 기간 등을 활용하여 동굴 속으로 잠적한다. 그런데 어느 정도의 시간을 넘어서까지 동굴 밖으로 나오지 않으면 스스로뿐만 아니라 가까운 타인들도 기다림을 힘겨워할 수 있다. 그나마 안절부절못하며 나오라고 손짓할 때는 서로가 연결되어 있음을 느낀다. 그러나 안팎에서 동굴의 문을 닫아버린다면 고립과 단절만 기다릴 뿐이다.

누구도 자신만큼 자기를 생각하는 사람은 없다. 남에게 보이려는 행복은 부질없다는 사실을 10대 후반부터 20대까지 방황하던 시절을 통해 뼈저리게 깨달았다. 집단 또는 한두 사람의 집요한 압박은 고통이 되지만 내가 피할 수 있는 방법을 찾는 것도 재미이다. 또한 그것을 자신의 인격과 동일시하지 않는 것도 즐거운 성장이다. 사람과 사람의 관계를 대결로 보아 이기고 짐을 굳이 판단할 필요도 없다.

물론 다른 사람이 자신의 행복을 파괴하고 일상을 통해 집요하게 괴롭힌다면 적절한 실제적 대처를 해야 한다. 그때도 즐겁게 대응하고 그것에만 자신을 매몰시키는 것이 아니라 다양한 삶의 의미와 즐거움을 동시에 추구할 필요가 있다. 자신의 적 또는 적개심을 머릿속에서 지워버릴 힘을 만들어 간다면 작은 성인의 반열에 오르는 것일지도 모른다.

사람과 일로부터 찾아온 절망과 좌절이 온몸을 휘감아서 도저히 삶을 지탱할 수 없어 죽음 이외에는 다른 방도를 찾을 수 없다면 지금이 아니라 딱 10년만 미루어 보자. 예컨대 지금이 22세라면 32세 생일까지만 한번 살아보자고 다짐하고 닥치는 대로 몸과 마음을 맡겨 보자. 만약 30대라면 50세 생일까지만 살겠다고 다짐하고 갈대처럼 바람 부는 대로 한번 살아보자.

그때까지만 살면 되니까. 지금의 절망과 고통 그리고 무기력과 두려움도 어느 순간 조금씩 내려가지 않을까. 마음의 위로로 10년만 견디어보자는 게 아니라 진정으로 10년만 살겠다고 결심해 보자. 그리고 그 이후는 잊어버리자. 마찬가지로 과거의 일이나 현재도 그대로 두어버리자. 결국 누구나 때가 되면 산에 가서 누워 있게 된다. 그때는 모두가 자유로워질 것이다.

*

| 3장 |

힘든 삶 끝에 얻은 위로

01
갑질 중 최고는 '숨겨진 갑질'

"흔히 말하는 냄비 안의 개구리처럼 서서히
달구어지는 괴로움을 겪는 갑질을 말한다."

한동안 '갑질'이 세상의 화두였던 적이 있었고, 지금도 여전하다. 갑질이란 갑을관계에서의 '갑'에 어떤 행동을 뜻하는 접미사인 '질'을 붙여 만든 말이다. 즉, 권력의 우위에 있는 갑이 권리관계에서 약자인 을에게 하는 부당 행위를 통칭하는 개념이다. 이러한 갑질에는 크게 세 가지 형태, 즉 눈에 보이는 갑질, 오묘한 갑질, 숨겨진 갑질로 구분해 볼 수 있다.

'눈에 보이는 갑질'은 말 그대로 피할 수 없이 그대로 드러나는 갑질이다. 예컨대 몇 년을 힘들게 공부해서 공무원이 되었다고 가정해 보자. 이때 상사가 상상 이하의 협박과 갈굼을 하거나 민원인이 하루도 쉬지 않고 괴롭혀서 업무를 도저히 감당할 수 없다는 절망을 느끼는 경우이다. 이러한 갑질도 버텨내기가 참 쉽지 않다. 때로는 부서 이동, 근무지 이동, 심할 경우 병가나 휴직을 써서 힘들게라도 벗어날 수 있는 선택의 여지가 있다. 또한 시간이 지나면서 적절하게 대처할 능력이 생길지도 모른다.

반면에 조그마한 중소기업 등의 직장에서 평생 갑질을 벗어날 수 없는 구조 속에 포함된다고 가정해 보자. 이 경우 을이 된 사람은 서서히 말려 죽을지도 모르겠다는 절망을 떨치기 어렵다. 지금도 누구의 보호도 받지 못하고 생계의 유지를 위해 분명하게 드러나는 폭력적 갑질로부터 고통받는 사람들이 무척 많다. 이렇게 확인되는 갑질은 법률과 문화를 통해 확실히 단절되어야 한다. 그래야 모두가 숨을 쉬고 사는 세상이 될 수 있다.

또 다르게 모두가 축하하는 특정 직장에 취업했지만 업무 자체가 갑질로 여겨지고 평생 반복해야 한다고 생각하니 눈앞에 캄캄해지는 경우이다. 그들은 아침이 되어 그곳에서 그 일을 마주할 생각만으로도 지옥이나 다름없다고 느낄 수 있다.

아마도 그들은 일요일 저녁이 되면 또다시 시작되는 지옥에 몸서리칠지도 모른다. 그들은 스스로의 어려움을 가볍게 또는 무겁게 여러 사람에게 전달한다. 하지만 대개 "참아라.", "얼마나 선망하는 일인데."라며 배부른 투정으로만 여기니 옴짝달싹 못하고 피할 수 없는 갑질에 매몰된다.

또 다른 눈에 보이는 갑질은 자기가 자신에게 하는 갑질이다. 예컨대 현재의 직장이나 일이 사회적으로 인정받지도 못하고 미래 전망도 거의 없음에도 불구하고 얽매여 있는 경우이다. 그들은 기본 생활의 연명을 위해서나 다른 대안을 찾지 못해서 매일 스스로에게 고통스럽고 절망적인 갑질을 한다. 어찌 보면 그들은 자신을 갉아먹으며 버티기를 하는 중이라고 할 수 있다.

이러한 사람들은 그들의 일을 적극적으로 수행하지 않아 무능하다는 평판을 받을 수밖에 없다. 그들은 스스로도 자기혐오의 톱니바퀴 속에 빠져있을 가능성이 높다. 또한 서서히 몸에서 마음으로, 마음에서 몸으로 더 이상 버틸 수 없다는 신호를 감지한다. 그들은 아침에 일어날 기운도 없고 밤에 잠을 못 이루거나 무언가 할 수 있는 힘이 모두 소진된 것처럼 느껴진다. 그렇게 되면 몸과 마음이 따로 반응하거나 두려움에 늘 긴장하고 죽는 것이 나을지 모른다는 생각으로 가득 차게 된다.

'오묘한 갑질'은 아마도 요즈음의 유행어 가스라이팅과 유사하다. 가스라이팅이란 '타인을 위한다는 명목으로 심리나 상황을 조작해 그 사람을 통제하고 조종하는 행위'를 말한다. 오묘한 갑질은 웃으면서 도움을 요청하거나 최악의 나락으로 빠지지는 않도록 도와주면서 정서적이든지 실제적 이익이든지 상습적으로 착취하는 행태라고 할 수 있다.

오묘한 갑질은 주변에서 흔히 발견된다. 예컨대 빚을 해결할 수 없는 사람에게 접근하여 돈을 빌려줄 것같이 행동하면서 여러 가지 심부름을 시키거나 가끔 다른 사람 앞에서 주종 관계로 보이도록 만들기도 한다. 혹은 다른 사람을 흉보거나 단점을 부각하는 말을 반복하면서 당신은 그렇지 않아서 너무 좋다고 추켜세우는 것이다. 그렇게 되면 그 사람이 싫어하는 행동이나 반대 의견을 제시하지 못한 채 오묘한 갑질을 당하게 된다.

오묘한 갑질은 을의 입장에서 보면 어느 정도 도움이 되는 것 같기도 해서 단절하기에 어려움을 겪는다. 이러한 상황을 갑은 잘 활용하여 최대한 오랜 기간 오묘한 갑질의 관계를 유지하려고 한다.

'숨겨진 갑질'은 가장 광범위하고 혹독하게 인간의 전 인생에 고통을 주는 형태이다. 숨겨진 갑질은 을이 모르고 당하는 갑질이다. 흔히 말하는 냄비 안의 개구리처럼 서서히 달구어지는 괴로움을 겪는 갑질을 말한다. 이는 모호한 갑질이고 구조적이고 거시적인 영향으로 인해 발생한다.

보통 갑을 발견하기에 어려움이 있는데 특정한 세력 집단인지, 정부당국인지, 전 세계적 현상이나 문화에 의한 것인지 등을 확인하기가 어렵다. 예컨대 세계의 어느 곳에서 살든지 간에 인종이나 민족의 차이 때문에 차별을 당하는 것은 흔하다. 국가의 정책에 따라 혹은 부유한 국가인지 실패국가

인지에 따라 개인이 당하는 숨겨진 갑질의 양이나 질이 다를 수밖에 없다.

숨겨진 갑질의 최고 희생양은 어린아이들이다. 실패국가나 불평등이 심각한 국가의 아이들은 사회구조이든지 문화이든지 보이지는 않는 갑질의 칸막이에 갇히게 된다. 우리나라의 경우 실패국가는 아니지만 부의 양극화와 경제적, 사회적, 심리적 불평등과 이로 인한 분노, 혐오, 슬픔, 외로움, 고통이 동반되는 사회가 되어 버렸다.

숨겨진 갑질로부터 피하거나 맞서기 위해 한국의 아이들은 태어나자마자부터 보이지 않는 갑질로 힘겨워한다. 즉, 사회적 지위와 대우, 그리고 경제적 안정이 보장되는 영역에 포함되기 위해 악을 쓰는 구조로 내몰린다. 주로 숨겨진 갑질의 시작은 아이의 부모이다. 그들은 자녀를 숨겨진 갑질에서 구해낸다는 명목으로 어릴 때부터 갑질을 시작한다.

예컨대 한글을 익히는 시점부터 최상위 대학에 가서 전문직이 되지 않으면 실패하는 인생이 된다고 윽박지른다. 그나마 아이의 지능과 부모의 재력이 있으면 흉내라도 내겠지만 그렇지 않은 아이들도 비자발적으로 동참하도록 만든다. 좀 과장하면 3~4세부터 초등학교 고학년까지 우리나라 아이들의 상당수가 이 대열에서 이탈할 수 없도록 압박당한다.

그리고 아이들은 자신이 누구인지, 자신의 만족을 어떻게 얻어야 하고, 자신이 무엇을 좋아하는지와 관련된 시행착오를 겪을 시간을 잃어버린다. 그 와중에 전 생애에 걸쳐 조금씩 뽑아 써야 할 '생명에너지'를 모조리 없앤다. 아이들은 생의 기운이 사라진 몸만 인간인 방향 상실자로 쾌락과 침체의 극단에서 괴로워할 수도 있다.

많은 부모가 첫 아이를 자신의 인생 틀 안에 가두어 보살피는데 지금 생각하니 나도 비슷했다. 그 당시 세상에는 다양한 사람과 여러 가지 삶의 방식이 있다는 사실을 발견하지 못했다. 그래서 첫째 아이에게 인생의 수십 년을 잘 먹고 잘 살려면 학령기 12년을 학습 기계가 되어야 한다고 협박했다.

다행인지 불행인지는 모르겠지만 첫째 아이의 강력한 저항에 서로 깨달음을 얻었고, 둘 다 인생 방향을 바꾸었다. 아이도 자신이 하고 싶은 일을 찾아 나섰고, 나도 덕분에 삶에서 추구해야 할 의미를 새롭게 발견했다. 둘 다 처음이라 서툰 탓에 고생도 많이 하고 둘러 간 것 같아서 서로에게 미안함을 가지고 있다.

그 덕분에 둘째 아이는 초등학교부터 시골에 있는 한 학년이 10명 정도인 학교에 다니고 있다. 현재 중학교 3학년인 둘째는 친구들뿐만 아니라 형, 누나 그리고 동생들과 어울릴 줄 아는 아이로 자라고 있다. 한편으로는 현 세태에서 뒤처지는 것 아닌가 걱정이 되기도 했지만 계속 기다리며 지켜보기로 했다. 둘째 아이는 첫째와 다르게 부모가 강요하는 미래 직업이라든지 목표에서 한참 벗어나 있다. 다르게 말하면 부모가 무엇이 되라고 강요하거나 방향을 설정해 주지 않았다.

그래서 둘째는 혼자서 꿈을 계속 바꾸고 있다. 초등학교 저학년까지는 희망 직업이 없었는데 오히려 부모가 바라는 것이 없냐는 투정을 듣기도 했다. 초등학교 3학년 때 야구를 하고 싶다고 해서 지역의 방과 후 야구클럽에 보냈다. 여러 대회에도 나가고 전국 대회에서 우승하고 우수투수상을 받기도 했다.

야구 선수에 대한 열망은 그곳에 참여한 어마어마한 아마추어 동갑내기들의 활약으로 주춤했다. 아마도 첫째 아이였으면 시도 자체를 하지 않고 공부에 방해된다고 차분한 협박을 하거나 달래었을 것이다. 숨겨진 갑질에 늘 익숙해 있었으므로.

초등학교 고학년이 되어서는 열성적인 담임 선생님의 영향으로 초등학교 선생님이 되겠다고 선언했다. 초등학교 선생님이라는 직업이 적성에 맞으면 참 좋다고 지지해 주었다. 그런데 사춘기 중학생이 되더니 옷 입는 것에 관심을 가지고 패션디자이너가 되기 위해 특정 대학에 가겠다고 했다.

그리고 미국의 흑인들이나 래퍼들이 즐겨 입는다는 sagging(바지를 팬티가 약간 보이게 내려 입는) 스타일의 청바지를 워너비로 집에서는 과감하게 시도하기도 하였지만, 적당한 선에서 자신의 패션을 고수하고 트렌드를 늘 부모에게 이야기를 해 주었다.

그러다가 중학교 3학년이 되어서는 갑자기 건축학과에 가고 싶다고 관련된 책을 사달라고 했다. 인생의 꿈이라기보다는 자신에게 적절하거나 혹은 전망이 밝다고 생각하는 대학의 전공 찾기를 계속하고 있다. 고등학교에 가면 또 바뀔지도 모르겠지만 계속 응원하고 지지할 것이다. 그리고 오늘도 여전히 학교에서 친구들과 목적 없는 즐거움을 차곡차곡 쌓아가고 있다.

숨겨진 갑질, 즉 보이지 않는 세상이 보내는 갑질을 개인이 마음대로 어찌할 수 없다. 우리 모두는 숨겨진 갑질의 세상에 한편으로는 동조하기도 하고, 다른 한편에서는 고통을 겪고 있는지도 모르겠다. 두 아이를 양육하면서 서툴고 힘들었지만 숨겨진 갑질에 대응하기로 마음먹었다. 첫 시작은 자식을 자랑이나 긍지의 도구가 아니라 한 명의 인간 대 인간으로 좋아하기로 했다.

대신에 그들이 사는 세상의 숨겨진 갑질을 조금이라도 와해시키는 데 일조하기로 했다. 거창한 것이 아니라 인간이 인간을 갉아먹지 않는 세상으로 바뀌도록 어떠한 형태로든지 힘을 보태기로 했다. 그것은 힘없는 사람에게 갑질을 하는 것이 아닌지를 반성하는 데서부터 시작하고자 한다. 그리고 돈이 많고 권력이 있다고 사람을 업신여기는 속물들의 갑질에 동조하지 않는 용기를 계속 만들어 내는 것에서 찾고 싶다. 생을 다할 때까지 유지한다면 미세한 파동이 생기지 않을까 믿는다.

02
파국은 누구의 책임인가

"세상에서 일어나는 모든 일 중에 한두 가지가
자신에게로 찾아왔다고 받아들여야 한다."

순간의 분노를 참지 못하고 자신을 해하거나 타인에게 치
명적 손상을 입히는 개인은 스스로를 파국으로 몰고 간다.
통제하지 않은 분노의 표출은 정서적으로 개인을 짧은 시간
정화시키거나 약간의 폼을 잡을 수 있도록 한다. 그러나 분
노의 크기가 크면 클수록 당사자가 입는 해로움도 증가할 수
밖에 없다.

분노는 대개 만만하거나 자신보다 힘이 약한 사람에게 적
극적으로 표출된다. 대부분 인간은 약자 앞에 강하고 강자
앞에서 약하기 때문이다. 혹자는 약자에게 약하고 강자에게

강하게 나간다고 허풍을 떨지만 거짓일 가능성이 높다.

보통의 사람들은 목숨이 위태로운 위기를 마주하면 주위에서 가장 약한 사람을 짓누르고 자신의 연명을 위해 발버둥친다. 또한 평소 교양 있는 지식인으로 약자의 삶에 관심을 가지고 있다는 사람들도 크게 다르지 않다. 그들도 자신이나 가족이 곤경으로 내몰리면 약자를 희생물로 삼는 동물적 본성에 이끌려 간다. 일반 대중은 인간성을 상실하도록 만드는 국가적이고 사회적인 큰 위기가 닥쳐 파국이 오지 않기를 바랄 뿐이다.

개인의 입장에서 보면 파국의 책임은 자기 자신이다. 따라서 개인도 파국적 결과를 초래하지 않도록 다양한 대비책을 마련해야 한다. 어떤 사람은 사소한 미래의 위협에도 파국을 상상하여 겁을 내고 마음을 졸이거나 궁핍한 구두쇠로 살아간다. 또 다른 한쪽의 사람은 지금 재미있고 편하거나 쾌락을 누릴 수 있는 선택을 해버린다. 이렇게 극단적인 사람이야 흔하지 않겠지만 어찌 되었든 아주 어린 시기를 지나면 조금 더 먼 미래를 생각하며 인생을 준비할 수밖에 없다.

자칫 미래 파국을 모면하기 위해 자신의 능력이나 한계 밖에서 시도하려다가 더 큰 늪에 빠질 수 있다. 예를 들면, 미래의 절망적 상황을 회피하기 위해 가족이나 지인의 돈을 빌려 사업을 시작하면 대부분 오래가지 못한다. 매 순간 자신을 경계하고 더 나은 미래를 위해 개인을 옥죄는 사람은 방향만 제대로 잡았다면 절망적 파국을 맞을 가능성은 낮다. 그렇다고 하더라도 일부는 도중에 지치게 될 것이고 모든 것을 포기해 버릴지도 모른다.

오늘을 즐기면서 자연스럽게 미래의 성취나 목적을 달성해 나가는 사람이 되기란 쉽지 않다. 사회적 인간은 하루 중에도 경쟁의 피로감을 언제나 느낄 수밖에 없다. 또한 어느 순간이 되면 모호한 선택의 고민을 해야 하고 장·단기적으로 눈에 보이는 성취물을 만들어 내야 한다. 대개 성인이 되기 전까지는 준비 과정이다. 그 이후에는 누구도 완벽하게 보호해 줄 수 없는 사회에서 시련과 실패를 겪으며 스스로의 길을 찾아가야 한다. 즉, 인간은 일생 자신만의 독특한 길 없는 길 혹은 답 없는 답을 만들어가야 한다.

인간은 홀로 평생을 살아갈 수 있고, 두 사람 이상의 가족을 구성하여 삶의 의미와 재미를 추구할 수도 있다. 결혼 등을 통한 가족의 형성은 개인이 겪을 수 있는 위기를 모면하도록 도움을 준다. 하지만 어떤 상황에서는 새로운 파국을 불러올 수 있는 실체가 되기도 한다. 예컨대 부부의 외도나 경제적 파산, 자녀의 질병 등으로 인하여 개인 또는 가족의 파국 요인으로 작용할 수 있다.

부부가 자신들의 힘으로 어찌할 수 없는 위기적 사건은 자녀가 신체적 또는 심리적으로 아픈 상황이라 할 수 있다. 이와 같은 상황에 직면하면 부부가 초기에 파국적 결말을 예견하여 분노하고 불안해할 수 있다. 그러나 시간이 지나면 누구에게도 지나치게 의지하거나 분노를 폭발시키지 않고 있는 그대로의 자신과 가족을 사랑해야 한다. 도를 닦기 위해 산에 갈 수는 없지만 자신을 안정시키고 삶의 의미를 새롭게 만들어가야 한다.

특히 부부는 건강한 쾌락을 공유하고 순간의 행복에 감사할 필요가 있다. 그렇게 하는 것이 자녀를 위한 길이고 가족을 유지하여 모호한 미래의 불안에 대응할 수 있는 원천이 된다. 그렇지 않으면 파국적 결말을 예상하여 개인과 가족을 궁지로 몰아가게 된다. 세상에서 일어나는 모든 일 중에 한두 가지가 자신에게로 찾아왔다고 받아들여야 한다. 인생이란 오묘하여 그러다 보면 또 다른 세상을 만나기도 한다.

한편으로 국가의 침체는 개인의 파국과 자연스럽게 연결된다. 국가의 지도자는 파국적 결말을 언제나 대비해야 한다. 국민으로부터 선출되거나 임명된 그들은 잠깐의 허세나 성취감 이후 막중한 책임감을 늘 지녀야 한다. 국가의 가장 큰 파국은 전쟁이나 경제적 몰락이다. 일반 대중이 알 수 없는 수많은 고급 정보를 가진 국가 지도자는 심사숙고하면서 파국을 막아야 한다.

국민을 더 잘 살게 해 주려다가 파국을 맞았다고 변명하는 어리석은 바보들을 용서해서는 안 된다. 예컨대 전쟁이 난다면 그 시대의 사람들에게 최소 30년 동안 고통을 주게 된다. 전쟁이 아니더라도 1997년 외환위기라는 경제적 몰락에서 시작된 인간성 상실의 늪 속에서 지금도 허덕이고 있지 않은가!

대중은 국가의 권력자들에게 정서적으로 심한 반감을 가질 때도 많다. 그러나 일반 대중은 국가의 최고 권력자 누구나 공동체를 파국으로 이끌지 않으려는 심사숙고와 함께 사익보다 공익 우선의 사명감이 깃들어 있다고 믿는다. 그렇지 않음을 발견한다면 단죄해야 하고 역사에 반드시 기록해 두어야 한다. 1789년 프랑스 대혁명은 국민을 핍박한 자를 단두대에 처형함으로써 지도자의 책임과 의무를 프랑스인의 문화와 유전에 깊이 새기도록 만들었다.

국가의 지도자는 개인의 인생 성공 결과물을 획득한 자부심에 머물러서는 안 된다. 지도자가 국가를 파국으로 이끈다면 권력에 숨죽인 민초의 분노 폭발에 흔적 없이 사라지게 된다. 그리고 그 사실은 역사에 기록되고 유전적 전달로 이어질 것이다.

03
내가 만든 마음 감옥의 열쇠는 나에게 있다

"인간은 지나치게 위기를 부풀려
스스로를 저주의 무덤에 가둘 수도 있다."

리더는 집단 전체가 위기임을 강조하여 구성원들의 개별 의견이나 불만을 잠재우려는 유혹을 떨쳐내기 어려울 수 있다. 리더가 조직이 붕괴될 수 있다는 겁박이 담긴 위기설을 주장하면 유익함이 일시적으로 있다. 구성원들은 개인보다는 집단의 번영을 위해 희생해야 한다는 압박과 분위기에 호응하지 않을 수 없다.

이렇게 되면 구성원들은 리더의 이익과 조직의 생존을 동일시하는 문화에 갇혀 자신의 권리를 말할 기회조차 상실한다. 그들은 집단 전체의 생존이라는 허상을 통해 리더나 지배그룹의 이익을 위한 희생양이 된다. 그리고 자신의 정당한 분배 몫을 요구하는 시늉조차도 배신자라는 낙인을 감내해야 한다.

리더는 작은 위기 상황이 지속되면 구성원들을 다루기가 더욱 용이하다. 위기는 구성원들 모두를 움츠러들게 만들고 아주 작은 이익의 배분에도 감동하도록 만든다. 아마도 대부분의 리더는 그들의 이익을 위해 평생 위기라고 떠들지도 모른다. 그러나 리더가 언제나 한결같이 위기라고 구성원들을 겁박한다면 진짜 위기에 대응하는 사람들이 남아 있지 않게 된다.

일상이 된 위기설의 스트레스를 감당하지 못하는 조직의 구성원들은 무기력하게 눈치만 살피는 수동적 존재가 되거나 조직을 떠날 준비만 하게 된다. 그러한 조직은 조만간 진짜 위기를 맞이하게 되어 혼돈에 빠질 수 있다. 집단 전체의 위기설을 앞세워 지배그룹의 이익만 추구한다면 구성원들도 자신의 이익을 최대한 충족시킨 후 조직을 버려야 한다. 그래야만 자기 자신을 오롯이 지킬 수 있다.

개인도 집단과 마찬가지로 위기를 겪게 되고 사람마다 인지하고 대응하는 정도의 차이가 있다. 인간은 절체절명의 위기라는 직감이 생기면 동물적 생존 이외의 사회적 혹은 문화적 규범이나 도덕을 앞세울 수 없다. 어떤 경우에는 자신이 살아남기 위해 자신을 해하거나 남을 해할 수도 있다.

개인은 심각한 위기일수록 한 발 뒤로 물러나서 바라보거나 기다리며 흘러가도록 내버려 둘 필요가 있다. 위기 상황에서는 선택도 요구받는다. 그때 아무것도 하지 않고 갈팡질팡하는 것이 아니라 개인이 책임지는 결정을 해야 나중에 도움이 된다. 위기 속의 선택은 항상 위험이 뒤따르며, 지나치게 개인적 욕심만 강조하면 그르치게 된다. 특히 상대가 있는 위기 상황의 욕심이라면 보다 신중하게 접근할 필요가 있다. 상대방도 똑같은 욕심으로 대하기 때문에 위기가 더욱 커지거나 둘 다 파국으로 향할 수 있다.

상대가 있는 위기는 어느 정도 해결된다고 하더라도 많은 생채기를 남긴다. 그래서 혼자서 장시간 마음을 달래가야 한다. 다독이는 과정은 시간이 필요하고 어느 정도의 아픔과 슬픔이 뒤따를 수 있다. 만약 상대가 존재하는 고통이라면 용서라는 틀 속에 갇혀 안절부절못하는 것이 아니라 스스로를 위해 상대를 과감히 지워야 한다. 마음속에 상대를 넣어 두고 화형을 시키거나 칼로 찔러봐야 자해 그 이상도 이하도 아니다.

혹자는 사소하거나 큰 모든 사건을 위기라고 생각하고 느끼고 행동할지도 모른다. 악독 조직의 주인이 언제나 집단 전체가 망해 가고 있는 중이라고 구성원들을 괴롭히는 것과 똑같다. 일상을 위기와 전투하는 개인은 마음과 신체의 여러 부분이 혼란을 겪거나 무기력에 빠지게 된다. 그렇게 되면 진짜 위기가 시작된다. 매일 위기 전투에 참여하는 사람이라도 배짱을 키우는 훈련으로 여긴다면 다소 위안이 될 수도 있다.

자신을 괴롭히는 것은 남들로서도 충분하다. 개인은 신체적, 심리적, 사회적, 공간적으로 압박하는 거대한 타인 그룹들을 감당하기에도 힘에 부친다. 타인들의 공격이나 음모를 스스로 가정하여 보이지 않는 적과 싸울 필요가 없다. 반면에 사람이나 조직과의 갈등이 필요하면 회피하지 않아야 한다. 그러나 그것은 위기를 예방하거나 살아남기 위한 실제적 대응에 그쳐야 한다.

인간은 지나치게 위기를 부풀려 스스로를 저주의 무덤에 가둘 수도 있다. 자신을 자발적으로 학대하거나 타인의 선입견이나 낙인을 예측하여 우울과 불안을 만들어 낼 수 있다. 이럴 때는 사이코패스의 무공감 능력을 추앙하고 싶기도 하다. 자신이 만든 감정의 감옥으로부터 완전한 탈출이야 어렵지만 늘 '내가 만든 괴로움의 감옥에 혼자 갇혀 있는 것은 아닐까?'라는 생각이 필요하다.

다른 사람이 오묘하게 자신을 조종하여 분노를 내 마음에 던져준 사실을 확인한 순간부터는 타인의 의도에서 벗어나는 승자가 되어야 한다. 우리는 사이코패스가 아니기에 타인과의 교류에서 기쁨과 슬픔을 겪는다. 타인과 교감할 수 있다는 감사함과 동시에 지나치게 성급하게 감정이 온 마음을 지배하지 않도록 해야 한다.

내 감정이 넘치지 않고 길을 만들어 흘러갈 수 있도록 물꼬도 터주고 바다로 완전히 흘러갈 때까지 기다려 보자. 내가 만든 감옥 안에서 나올 수 있는 열쇠가 마중물이 될 것이다. 평온한 바다로 가는 동안 새로운 마음의 비가 와서 도랑물이 생기고 강물로 합쳐지고 그 위에서 놀기도 하면서 시간도 보낼 수 있지 않겠는가!

04
부수고 가두면 숨겨질까

"가난하고 아프고 낙이 없는 사람이 죽고 싶다고
외치는데 정신병원에 입원시킨들 무슨 소용이 있겠는가!"

1988년 서울 올림픽 때 국외의 방송사들이 촬영하는 누추
하고 허름한 건물들을 무자비하게 부수거나 감추어 버린 사
건은 한동안 회자된 수치스러운 역사이다. 지금은 건물이 아
니라 사람들을 숨기고 있다.

위기 상담 일을 하는 아내는 업무 중 감당하기 어려운 사
건들이나 슬픈 인간사의 크고 작은 이야기들에 안타까워할
때가 있다. 한 번은 고등학교 시절의 외톨이 경험을 극복하
려고 애쓰는 사람의 사연을 말했다(상담 윤리에 따라 상황에

대한 설명만 함). 그는 2년제 대학을 중퇴한 후 군대를 만기 제대하고 지역의 공장에서 일하며 급여를 200여만 원 받았다. 그리고 그는 자신의 인생에서 가장 화려했던 시기를 군대에 있을 때라고 말하며 현재 공장의 일도 잘 견딘다고 했다. 자신감이 생긴 그는 이웃 지역에 있는 고등학교 친구들과 술을 마시고 싶어 주말에 연락을 했지만 어느 누구도 응해주지 않았다.

그때 그는 고등학교 시절의 악몽이 다시 떠올라 죽고 싶다는 생각을 떨치지 못하고 바닷가로 갔지만 두려워서 경찰에 도움을 요청했다. 출동한 경찰관은 전문가와 보호자의 의견에 앞서 자살 위험도가 높다고 정신과 전문병원에 바로 입원을 의뢰했다. 그는 정신과 치료 이력이나 입원 경험이 전혀 없었다. 물론 담당 경찰관의 잘못이라고 할 수는 없다. 왜냐하면 현재 제도나 분위기로 볼 때 그를 홀로 방치했다가 자살을 시도한다든지 하면 경찰관에게 책임을 묻거나 비난을 하기 때문이다.

하지만 다음과 같은 질문을 해보아야 한다. 그가 정신병원에 며칠 입원을 한다고 자살에 대한 생각이 없어지는가? 그리고 고등학교 친구들이 그를 친구로 함께 해주는가? 둘 다 그렇지 않다. 정신병원 입원으로 인한 트라우마는 차치하고서라도 잠시의 혼돈과 불안의 부유물이 가라앉기를 기다려주지 않았다. 병적으로 규정하는 매우 조급하고 인색한 우리 사회의 시선은 한 청년에게 '내 문제는 정신병인가?'를 이후부터 늘 고민하게 만들어 버렸다.

오늘날 인생의 미해결 문제나 감정적 어려움, 성장 과정의 고통이나 독특한 생활양식을 가진 모든 사람은 정신병원에 가서 치료받아야 한다고 진리로 정해진 것 같다. 인간이 겪는 우울, 슬픔, 괴로움, 외로움, 분노 그리고 관계의 단절이나 부적절이 정신병원에 가면 해결이 되는가? 아주 일부분만 그렇다고 생각한다.

우리 사회는 주류이거나 주류적 삶을 살기 위해 애쓰는 사람을 제외하고는 모두 개조시켜야 한다는 미신을 옹호하고 있다. 범죄를 저지르지 않는 부적응자는 정신병원에 가기만 하면 잘 적응하는 인간으로 바뀌어진다고 세뇌당하고 있다. 정말 그러한가?

학교에서 친구가 없거나, 공격적 성향을 드러내거나, 학업 능력이 부족하다고 정신병원에 입원시키면 바뀌는가? 학비가 부족하여 아르바이트를 하다가 성적이 낮아 졸업이 안되어 자살을 생각하는 대학생과 취업이 되지 않아 우울과 불안에 빠진 젊은이를 정신병원에 입원시키거나 정신과 약물을 복용하도록 한다고 해결이 되는가? 직장 상사가 직접적 또는 간접적으로 혹독하게 괴롭히는데 정신과 약물을 복용한다고 해결이 되는가? 경제적으로 파산하여 우울과 슬픔이 극도에 달한 사람이 정신병원에 입원한다고 해결이 되는가? 그렇지 않다. 가난하고 아프고 낙이 없는 사람이 죽고 싶다고 외치는데 정신병원에 입원시킨들 무슨 소용이 있겠는가!

지금 국가는 죽고 싶다는 사람들의 마음을 들여다보는 것이 아니라 부정적 결과를 축소하거나 사회 전체의 이익을 따지는 데에만 골몰하고 있다. 사람을 숨기거나 환자로 명명한다고 죽음의 고통에 직면한 사람들에게 위안이 되거나 생의 전환점이 될 수는 없다.

공동체가 죽음의 공포를 회피하기 위해 다리의 가드레일

을 높이고 쉬운 정신병원 입원 절차를 만들거나 자살방지 농약 보관함을 만든다고 해결될 일이 아니다. 그들을 가두거나 숨기는 대신에 한 사람의 인간으로 보기 시작해야 한다.

'한 사람의 천재가 일만 명을 먹여 살린다.'가 아니라 '1만 명의 사람들이 일만 명을 먹여 살린다.'는 명제로 전환을 시작할 필요가 있다. 세상에 누구 하나 소중하지 않은 사람은 없다. 주류의 삶에서 벗어났다고 하여 병들어 미쳐간다고 진단하여 빠르게 정신병원에 입원시키는 것이 아니라 공동체에서 함께 살아갈 방도를 찾아가야 한다.

오늘날 1988년 올림픽 때 숨기고 싶은 판자촌을 부수어 버린 것과 마찬가지로 숨기고 싶은 사람들을 환자로 만들어 사회로부터 격리시키고 있다. 정신을 깨끗하고 성실하게 만들어야 한다는 강박이 만들어 낸 허상을 언제까지 좇아가야 하는가! 정신이 황폐화되었다고 가정당한 잠재적 공격자로부터 일반 대중을 보호하는 방법이라는 것이 중세의 원형 교도소 모형에서 벗어나지 못하고 있다. 언제까지 국가는 정신의학의 권위를 빌려 숨기고 싶은 사람들을 격리할 수 있겠는가!

05
'잘 살기' 협박의 중단

"부모의 잘 사는 기준은 자녀에게 독이 되거나
앞길을 막아버리는 벽이 될 수도 있다."

책 읽기를 즐겨 하지 않는 둘째가 중학교 2학년 어느 날
『잘 살아라 그게 최고의 복수다』라는 책을 읽고 있는 것을 보
고 적잖이 놀랐다. 그때까지 교과서 이외에는 자발적으로 거
의 책을 읽지 않는데 제목에 복수라는 말도 있고 해서 무
언가 큰 상처라도 있는지 내심 걱정도 되었다. 직접 물어본
다고 본심을 말하지 않을 것 같아서 지나가는 말로 "책 재밌
냐?" 정도로만 묻고 기다렸다. 한참 후에 책장의 구석 어딘
가 다른 서적에 덮여 있는 것을 보고는 약간의 안도가 되었
다.

아마도 내가 생각하는 것과 전혀 다른 이유로 그 책을 읽었을 가능성이 높다. 어찌 되었든 '잘 살고 싶다.'는 마음이 든 것이 기특하고 복수라는 단어에 약간 섬뜩했다. 한편으로는 스스로 갈등을 해결하는 방법을 찾으려 했다는 사실에서 마음이 놓였다. 그 이후로 둘째는 특별한 변화 없이 게임 열심히 하고, 학교도 잘 가고, 시험 때가 되면 공부한다고 책상에 앉아 있고, 사소하게 사람들과 다투기도 하며 지내고 있다.

모든 사람은 잘 살고 싶다. 근데 잘 사는 것이 무엇인지는 개인마다 차이가 있거나 구체적으로 설명하기가 어려울 수 있다. 둘째가 잘 사는 것을 무엇이라 규정했는지 궁금하지만 스스로 고민하면서 찾아가기를 원한다. 잘 사는 것이 무엇인지를 묻고 둘째가 답하고 거기에서 오류를 발견하고 다시 수정하여 최종적으로 결론을 얻어도 그것을 달성하기란 어렵다. 또한 그 결론은 둘째의 생각에서 벗어난 어른의 입장을 주입한 것이기에 의미가 없고, 오히려 불행에 빠트리거나 무기력하게 만들 수도 있다. 다만 잘 사는 것이 무엇인지에 대해 계속 의문을 가지고 찾기를 기도하고 있다. 그래도 이른 나이에 '잘 살고 싶다.'라는 생각을 했다는 자체가 기쁘다.

사람마다 잘 사는 기준이 다르다. 지금 잘 살지 못하는 원인을 과거 자신의 그릇된 선택이나 부족한 노력이라고 탓하기도 한다. 인간은 과거를 되돌릴 수 없기 때문에 자신의 분신이라고 여기는 자녀에게 기준과 방법을 전수하고 싶은 욕망을 지닐 수도 있다.

부모는 자신의 부러움이나 열등감을 불러일으킨 학창 시절을 소환하여 잘 사는 기준을 만든다. 그리고 자녀에게 학교 성적을 높여야 하며 특정 대학이나 학과에 합격해야 잘 살 수 있다고 협박 형태의 강요를 반복할 수도 있다. 부모 세대의 잘 사는 기준과 자녀 세대의 기준은 차이가 있을 뿐만 아니라 개별 특성이나 상황이 다르기 때문에 서로 간 미움만 증폭될지도 모른다.

부모의 잘 사는 기준은 자녀에게 독이 되거나 앞길을 막아버리는 벽이 될 수도 있다. 인생이란 모호하기 때문에 여러 선택지를 보여주고 아이가 잘 살고 싶다는 마음을 스스로 가질 때까지 기다려주면 어떨까. 그리고 굳이 잘 사는 기준을 부모나 어른이 정하지 말고 아이들이 발견할 때까지 참아보자. 아이가 '잘 살고 싶다.'는 마음을 간직할 수 있도록 응원만

하자. 그러기 위해서는 안전한 환경에서 매일 즐거움과 짜증, 그리고 고민과 쾌락이 교차하도록 그대로 놓아두어야 한다.

부모나 어른의 말로 아이가 행복할 수도 없거니와 짜증이나 고민으로부터 빠져나오기도 어렵다. 잔디에서 뛰어놀고 있는 아이를 위해 돌을 치우는 것 이상을 할 필요가 없다. 잔디에서 잘 놀 수 있는 것은 그 아이의 몫이기 때문이다. 잔디를 잘 자라게 하고 누군가 또는 무엇이 잔디를 훼손하려 한다면 어른들이 나서서 막아주면 된다. 오늘날 잔디에 자갈을 깔고 아이에게 잘 놀라고 어르고 달래지만 아이들은 다치고 주저앉아 있는 형국이다.

06
부자였다면 생각하지 못할 즐거운 상상

"그렇다고 돈으로부터 해방되었다고
허세를 떨고 싶지 않다."

'돈'이란 무엇인가? 사람에 따라 생각하는 바가 다르겠지만 인간의 생명을 좌지우지하기도 하고 자랑거리나 복종의 수단이 되기도 한다. 어느 정도의 수입이나 재산이 있어야 돈으로부터 자유로워진다고 여길지 사람에 따라 다르다. 젊은 사람들도 점점 빠르게 경제적 자유와 독립을 꿈꾸나 나이가 들수록 돈의 무게감에서 빠져나오기가 쉽지 않다.

우리 부부는 경제관념, 즉 악착같이 돈을 모아야 한다는 경각심이 부족했다. 지금 생각하니 장점과 단점이 모두 있었다. 단점은 자산이랄 것도 없는 형편의 시골 주택에 살고 있는 것이다. 이것도 생각하기 나름으로 장점이 될지도 모르겠다. 가장 큰 장점은 대학을 졸업하고 대학원에 입학하여 석사와 박사 학위를 취득하기까지 10년 정도를 재산을 모으기는커녕 빚을 내며 생활하는 것에도 두려움이나 초조함 없이 지낼 수 있었다는 점이다.

박사 과정에 입학하면서는 다니던 직장도 그만두고 공부한다고 했을 때 아내는 오히려 축하를 해주었다. 아내는 당장의 생활비를 걱정하지 않았고 돈이 없다고 불편해하지도 않았다. '시간이 지나면 좋아지겠지.'라는 무지성 낙관론자는 아니었는지, 돈을 모으는데 급급해 '오늘의 작은 행복이 사라지면 내일은 과연 우리가 행복할까?'의 철학으로 남편을 혹세무민시킨 건 아니냐고 지금에서야 이야기해 보곤 한다.

돈의 필요성을 깨달은 것은 첫째 아이가 중학교에 입학하면서 여러 가지 상황이 발생한 시기였다. 급여로는 감당이 되지 않았고 은행에서도 빌리고 지인에게도 빌려서 급하게 충당했다. 그때까지 공식적 또는 비공식적으로 돈을 빌리는 방법과 융통하는 과정을 몰랐기 때문에 혼란과 압박감을 느껐다. 아마도 그때 로또복권을 사기도 했다. 모두가 알겠지만 로또는 살 때의 기대와 발표 순간의 실망이 언제나 똑같이 반복되었다.

어찌 되었든 당시의 빚은 지금까지도 이어지고 있지만 예전과 경제적 관념이 바뀌지도 않았고 다른 경제 활동도 하지 않고 있다. 모두가 한다는 비트코인, 주식 또는 주택이나 토지를 사는 투자도 시도조차 하지 않고 있다. 지금은 막연히 자주 '돈이 많았으면 좋겠다.'는 상상만 하고 지낸다.

왜 돈이 필요할까? 지금은 매달 부부의 노동으로 4명의 가족이 생계를 이어가고 있다. 강제 할당된 연금 이외에는 다른 저축이나 투자가 없지만 언제나 수입과 지출이 똑같다. 명절이나 특정한 날이 되면 지출을 어느 정도 해야 하는지 고민이 된다. 또한 일상적 생활을 유지하는 것 이외에 다른 경제적 여력도 없다.

매달 생활비 이외에 추가적으로 돈이 필요한 이유는 몇 년 전부터 기울어진 담을 수리하고, 20년 되어 엔진 경고등이 들어오는 자동차를 바꾸거나, 아내가 결혼 20년이 되면 하자고 했던, 이미 늦어버린 한 달의 유럽 여행과 산티아고 순례 길을 건강할 때 아이들과 함께 걸어가는 계획을 하루라도 빨리하고 싶기 때문이다. 아마도 무리를 한다면 순차적으로 가능할지도 모르겠다.

그러나 돈에 대한 진정한 갈망은 돈 중심의 사회에서 돈을 벌 수단을 갖추지 못할 것 같은 두 아이에게서 비롯되었다. 두 아이가 하고 싶은 것을 평생 돈 걱정 없이 하도록 해주고 싶은 마음이 그렇게 만들었는지도 모르겠다. 마음을 더 깊숙이 들여다보면 다른 답이 있을 수 있지만 표면적으로는 자녀를 위해 돈이 있었으면 좋겠다고 바라고 있다. 이는 급여를 저축하거나 생활비를 아낀다고 해결되지는 않는다. 지금과 다른 획기적 경제 활동의 변화가 필요하지만 그러한 도전을 시도할 깜냥이 되지 못한다.

오늘 당장 무너지지도 않은 담장을 고치지 않는다고, 시동이 걸리고 주행할 수 있는 자동차를 교환하지 않는다고, 비행기 타면 갈 유럽이 뭐 크게 달라져 큰일이 나겠는가. 기울어진 담장이 무너지면 어떻게든 우선순위가 앞당겨져 고칠 것이고, 차는 고장이 나면 형편에 맞는 자동차를 할부로 구

입할 것이고, 유럽여행과 산티아고를 다녀오는 것은 결혼 30
주년과 아이 고등학교 졸업 후에 가자고 시간을 벌어 두었
다. 그러니 마음이 좀 편해진 것 같기도 하다.

그러나 조금 더 멀리 생각해 보니 둘째는 이제 중학교 3학
년이고, 첫째는 음악을 한다고 해서 경제적으로 도움이 되어
주고 싶은 마음이 크다. 그래서 자주 두 아이가 하고 싶은 일
을 할 수 있는 만큼의 돈이 있었으면 하고 바란다. 그것의 실
현 가능성이 낮다고 생각할수록 불안이나 두려움이 커지는
것도 사실이다.

두 아이에게 지금 무엇을 할 수 있을까? 이전까지 전혀 하
지 않았던 돈의 중요성이라든지 경제관념을 교육하기도 시
기를 놓쳤고 잘할 수도 없다. 그래서 둘째인 중학교 3학년 아
이에게는 자신이 하고 싶은 것을 대학교 졸업할 때까지 마음
껏 하라고 했다. 첫째는 음악을 하니 최소한 30세까지는 돈
버는 것에 집착하지 말고 해보라고 응원하고 있다. 둘째에게
는 미안하지만 경제적 지원은 어찌어찌 거기까지 할 수 있을
것 같다. 자녀가 집을 구하거나 결혼 비용을 생각하지 않기

로 했다. 가끔 내 머릿속의 행복한 망상은 현실에서의 위안이 될 수 있으나 엉성한 망상이 내 어깨를 누르게 하고 싶지는 않다.

성공한 음식점은 돈을 벌기 위해 시작하는 것이 아니라 손님들이 맛있게 먹거나 분위기를 즐길 수 있도록 최선을 다하는 곳들이다. 두 아이에게도 이것을 강조하고 있다. 하고 싶은 일을 어느 순간 숨이 막힐 때까지 해보라고 한다. 그리고 숨이 막혀 너무 고통스러우면 그냥 물 밖으로 나와버리라고 말한다. 그러면 보이지 않았던 또 다른 물놀이터를 찾을 수 있다고 이야기한다.

50세가 넘어서부터는 돈이 많아야 한다는 갈망이 좀 사라졌다. 보다 직설적으로 돈을 많이 벌 수단도 방법도 모르겠다고 표현하는 것이 옳을지도 모르겠다. 그렇다고 돈으로부터 해방되었다고 허세를 떨고 싶지 않다. 나의 정신적이고 육체적인 노동에 대해 스스로 귀하게 여기고 그에 따른 대가도 요구하여 받기를 원한다. 또한 오늘도 할 일이 여전히 많고, 그러한 노력이 나중에 금전적 보상으로 이어진다는 사실에 감사한다.

성인군자가 아니기에 세상의 모든 사람이 행복하고 인간다운 삶을 살도록 온 힘을 다하고 싶다고 거짓을 말하기는 부담스럽다. 다만 모든 사람 중에 포함되는 두 명의 자녀가 돈이 부족하다고 사람을 무시하거나 혐오하는 사회에서 살지 않도록 노력하고 싶다. 어떤 방법이라도 찾아서 조금이라도 진척시키고 싶은 마음이다. 그게 돈을 많이 못 벌지도 모르는 두 아이를 위한 진정한 생활 대응책이고 자녀 사랑의 방법이 아닐까 생각해 본다. 아마도 부자였다면 생각하지 못했을 즐거운 상상으로 여기고 싶다.

07
갈등에 참여해야 할 때

"언제 얼마만큼의 갈등 크기와 시간을
조절해야 할지는 자신의 몫이다."

갈등을 싫어한다. 주위에서 갈등이 생기면 피하거나 상대가 원하는 쪽으로 맞추어 준다. 사람과 갈등하면서 겪는 에너지 소모가 너무 싫기 때문이다. 그러나 나이가 들면서 깨달은 것 중 하나는 갈등해야 할 때 갈등해야 한다는 사실이다. 돌고 돌아 다시 내 앞에 다른 형태의 문제로 오기가 태반이기 때문이다. 어떤 사람이든지 어떤 문제이든지 직관적으로나 논리적으로 부딪혀야 할 때는 자신의 방식으로 그 속에 들어가야 한다.

자신이 원하는 방향으로 해결되지 않더라도 인간관계의

갈등이라면 이후에는 상대방이 함부로 굴지를 않는다. 문제나 상황의 갈등이라면 완전한 해결이 아니더라도 진전을 보이거나 포기하고 다른 방도를 찾아야 한다는 단서를 얻을 수도 있다.

무엇보다 갈등 속에 들어가야 할 순간을 아는 것이 중요하다. 보통 젊었을 때는 감정적으로 앞뒤 가리지 않고 갈등 속에 참여하기 쉽다. 그렇게 되면 그 순간에는 어떤 정서적 후련함이 있을지도 모르지만 종국에는 자신에게 손해가 되거나 다른 사람에게 이용당할 가능성이 높다. 하지만 자신을 부당하게 대하거나 무시하더라도 갈등이 불편하여 그대로 두면 점점 힘들어진다. 젊은 시절에 의도하지 않았거나 쓸데없는 갈등을 일으키는 경험을 하다 보면 언제 어떤 갈등에 들어가야 하는지를 알게 된다.

그렇다면 언제 이 갈등 속에 두 발을 담글 것인가? 늘 타이밍이 문제이다. 그대로 두면 앞으로 자신이 힘들어지거나 다른 사람의 이익을 위해 내 희생이 강요당하며 이후에는 그러한 반복이 자연스러워지기 시작할 순간이다. 각자의 상황에 따라 다르지만 사회생활을 하다 보면 알게 된다.

예컨대 신혼부부가 남편 혹은 아내가 폭력을 쓴다면 한 번 정도는 가정의 평화를 위해서 참아야지 해서는 안 된다. 이때 상대방은 죽기 살기로 덤벼야 하고 이혼까지 불사하는 강력한 도전이 있어야 한다. 그렇지 않으며 한두 번 가정의 평화를 위해서라는 어리석은 희생은 결국 매 맞는 아내나 남편이 되어 가정의 희생양이 되어 있을 뿐이다.

또 다르게 직장에 출근하였는데 부당하게 커피를 타오라고 한다든지, 전혀 자신의 업무가 아닌 것을 지시하면 정중하고 친절하게 거절해야 한다. 그렇지 않으면 업무의 범위가 점점 증가하게 되어 감당할 수 없게 될지도 모른다. 직장 상사의 과도한 요구를 선뜻 들어주면 일시적 이익이 있겠지만 이후에 엄청난 부담과 압박이 지속될 수도 있다. 언제 얼마만큼의 갈등 크기와 시간을 조절해야 할지는 자신의 몫이다. 혹시 욕심부리는 내 마음이 있나 살펴보아야 한다.

예컨대 '직장 안에서 누구에게나 좋은 사람이 되고 싶어, 하지만 내 의견을 똑 부러지게 내어 유능한 사람이길 원해.'라는 생각을 동시에 가진다면 어느 한쪽은 빨리 내려놓기를 바란다. 아무리 정중하고 친절한 옷을 입힌 말들을 두 손에 담아 드린다 해도 NO가 YES의 만족감을 줄 수는 없기 때문이다. 무엇이든지 간에 굳어지면 변형하기란 여간 어렵지 않다는 사실을 명심해야 한다. 그렇다고 트러블메이커(troublemaker)가 되라는 이야기는 아니다.

국가도 국민 간 갈등을 허용해야 한다. 국민이 상호 간 분배 몫을 가지기 위해 정해진 규정에 따라 표현하고 조정할 수 있도록 보호해 주어야 한다. 이렇게 투명하게 드러내놓고 갈등을 노출시키지 않으면 보이지 않는 곳에서 음흉하게 권력자나 지배자들만의 이익을 그들끼리 분배해 버린다.

대학에 온 지 얼마 되지 않았을 때 지방자치정부가 주최한 주민을 위한 제도 개선 모임에서 다양한 제안을 열심히 한 후 마무리할 시간에 지역의 오래된 정치인이 다가와서 한 말이 지금도 잊히지 않는다. "교수님 그렇게 열심히 하실 필요 없습니다. 모든 일은 밤에 술자리에서 다 결정됩니다."라는 말이었다. 그때는 한참 멍했지만 지금에서야 '어리석고 순진하게 많이 떠들었구나.'라는 생각만 들뿐이다.

정치란 일반 대중이 자신의 영역에서 최선을 다한 후 각자의 몫을 의심 없이 정당하게 받을 수 있도록 대신해 주는 일을 포함한다고 생각한다. 눈에 보이는 불평등한 분배는 국민 간 갈등을 일으킬 수밖에 없다. 정치 혹은 정치인이 숨겨진 불평등한 분배를 찾아내는 것까지는 바라지 않는다. 그러나 밖으로 드러난 평등하지 않은 분배에 대한 갈등이라도 충분하고 평화롭게 진행될 수 있도록 만들어 주어야 한다.

음흉한 권력자들이 국가를 마음대로 하게 내버려 두면 시민의 정당하고 건강한 갈등이 그 힘을 잃게 된다. 한편으로는 갈등이 자칫 발생이라도 하게 되면 온갖 편법으로 권력에서 가장 먼 사람들부터 무참히 짓밟아 버릴지도 모른다. 시민도 개별 상황과 마찬가지로 공동체의 불평등과 억압이 시작되는 순간에는 국가적 갈등 속으로 참여해야 한다. 그렇지 않으면 단단하게 굳어져 부지불식간에 아무것도 할 수 없거나 모른 채로 고통 속에 살아갈지도 모른다. 국가 권력자에게는 트러블메이커가 필요하다.

08
뫼비우스의 띠에 갇힌 출생과 자살

"저출생과 자살의 해결 방안은 사회적 품격을 제시하고
문화로 만들어가는 약속에서 시작할 필요가 있다."

오늘날 한국에서는 수많은 출생과 자살 대책이 난무하고 있다. 그러한 모든 대비책은 앞으로 태어날 사람과 생을 도중에 마감할 사람들을 위한 것이 아니다. 오로지 그들을 제외한 나머지 사람들의 안위를 걱정하는 것에서 비롯된 것들이다. 이것들은 약간의 효과를 단기적으로 볼지는 몰라도 큰 물줄기를 바꾸는 데는 실패할 수밖에 없다.

지금은 신생아와 영유아 관련 사업들이 어려움을 겪고 청소년의 숫자가 줄어 대학 신입생이 부족하다고 관련 있는 조직이나 사람들이 힘들어하고 있다. 시간이 좀 더 지나면 일할 사람과 세금 내는 사람이 줄어들게 되고, 물건을 살 사람들이 부족하면 공급자가 혼란에 빠질지도 모른다. 도대체 인구가 격감하면 좋을지 나쁠지 알 수가 없다. 대부분 국가적 재앙이라고 하지만 혹자는 긍정적 측면도 있다고 주장한다.

어찌 되었든 당분간 저출생 현상은 유지될 것이며, 한국 사회는 그에 따른 연쇄 반응으로 서서히 변할 수밖에 없다. 그러나 너무나 많은 변수가 작용하기 때문에 바뀔 모습을 대략 예측하기에도 어려움이 있다. 예컨대 일하는 사람이 부족하면 외국인 노동자를 활용한다는 계획이다. 하지만 수많은 노동자가 유입되면 발생할 수 있는 갈등으로 인해 한국 사회가 더 큰 어려움에 직면할 수도 있다.

한국의 저출생과 자살은 뫼비우스의 띠에 갇힌 것처럼 돌파구를 찾지 못하고 있다. 저출생과 자살은 맥락적으로 연결되어 있다. 굳이 프로이트(Sigmund Freud, 1856~1939)까지 가지 않더라도 인간은 끊임없이 즐거움을 추구한다. 불쾌의 끝은 자살과 닿아 있고, 또 다른 자신의 분신을 재미없는 세상에 던질 용기를 낼 수가 없다. 죽고 싶은데 또 다른 죽고 싶은 인간을 창조하고 싶겠는가!

또 다른 측면으로는 저출생과 자살은 경제적 문제와 맞닿아 있기에 자본주의 경제논리의 한계에 갇혀 있다. 그래서 저출산과 자살을 돈으로 막아보려 하지만 '언 발에 오줌누기'에서 헤어나지 못하고 있다. 예컨대 한 명의 인간이 태어날 때 돈을 준다거나, 자살을 막겠다고 예방센터를 만들고 정신병원에 수용하거나 홍보하는 데 엄청난 돈을 사용하지만 효과가 있는지는 의문이다.

거대한 돈이 만든 문제를 푼돈으로 막으려 하니 전혀 반응이 없다. 그렇다고 출산하는 사람에게 1억씩 10억씩 줄 수도 없고, 자살을 하지 않겠다고 하는 사람에게도 1억씩 10억씩 줄 수도 없다.

저출생과 자살의 해결 방안은 사회적 품격을 제시하고 문화로 만들어가는 약속에서 시작할 필요가 있다. 예컨대 지금은 학교에서 학생 간 다툼이 발생하면 돈이 많은 부모는 변호사를 고용하는 등 재력을 이용해 사실과 다른 결과를 만들어 버릴 수도 있다. 이를 목도한 반대편 부모와 아이뿐만 아니라 다른 학생이나 부모들, 그리고 교사들이 어찌 결혼하고 아이를 출산할 마음을 가지게 될 것인가! 그들은 재력과 권력으로 움직이는 세상에 대한 냉소나 패배감을 공유하게 될 것이다. 그리고 훗날 자신이 그와 같은 유사한 상황에 빠지면 무언가 대안을 찾기보다는 지레 겁을 먹고 도망가거나 의기소침해질 가능성이 높다.

반대로 어린이집, 유치원, 초등학교, 중학교, 고등학교에서는 부모나 조부모의 영향이 아니라 아이들끼리 부대끼면서 문제나 갈등이 발생하면 교사와 학생들이 함께 해결해 나가는 문화를 만들어가야 한다. 둘째 아이가 초등학교 4학년 때 체육시간에 5학년 형에게 주먹으로 맞은 적이 있었다.

그 소식을 전해 듣는 순간 화가 치밀어 올랐지만 어떻게 해야 아이에게 장기적으로 바람직할지를 고민할 수밖에 없었다. 우선 지속적 괴롭힘인지 아니면 우발적 사건인지를 알아보니 작은 규모의 학교 특성상 고학년 학생과 같이 수업하면서 발생한 일회성 사건이었다. 그래서 두 아이가 서로 포옹하면서 사과하고 받아들이면서 둘 다 성장의 계기가 되도록 잘 마무리했다.

오늘날 한국은 '감히 나를 건드려.', '감히 나의 자녀를 건드려.', '너 돈 많아, 한 번 해 볼래.', '주면 고맙게 생각하고 잘 받아먹어.', '쓸모없는 인간이 말이 왜 그리 많아.', '버러지 같은 인간들' 등의 소리 없는 수식어가 단단하게 앞서 있는 사회인 것 같다. 그리고 모든 사람은 이러한 폭력의 수식어에 포위당하지 않기 위해 발버둥을 치고 있다. 이러한 포악한 그물에 걸려드는 순간 살아갈 수 없다고 온몸으로부터 신호를 받는다.

일반 대중은 자신의 분신과 같은 자녀를 이런 세상에 두려고 하지 않을 것이다. 또한 밑바닥 그물에 걸려들면 다시는 빠져나올 수 없음을 직감하고 스스로를 포기하는 선택을 고민할 수도 있다. 출생률과 자살률이라는 숫자놀음 허상을 좇아갈 것이 아니라 긴 호흡을 가지고 사람이 인간답게 살 수 있는 사회적 문화의 품격을 높이는 데 모두가 앞장서야 한다.

저출생으로 인해 나라가 망하지 않을까에 대한 걱정과는 별개로 외국인 노동자는 여전히 혐오의 대상이며, 사람보다 돈이 앞서는 굳건한 믿음도 여전하다. 그래서 '그 사람들한

테는 내 세금 한 푼도 줄 수 없다.' 혹은 '차라리 죽는 게 낫다 돈이 아깝다.'라는 비수가 난무하는 세상에 돈만 쏟아붓는다고 숫자가 올라가고 세상이 달라질까?

09
집고양이와 길고양이 누가 더 행복할까

"인간의 삶이 꼭 집고양이 형태로
마무리될 필요는 없지 않겠는가!"

오늘 아침 출근하면서 길고양이 한 마리가 풀숲에 있는 것을 보았다. 대개 길고양이는 영양 부족으로 꼬리가 짧다. 오늘 본 고양이는 꼬리가 제법 길어 보여 다소 안도감이 들기도 했다. 우리 집은 여러 사정으로 열 살 강아지 한 마리, 세 살 고양이 한 마리와 함께 지낸다. 처음에는 부부의 자발성이 없었기 때문에 키우는 것이 미뤄두고 싶은 집안일 중 하나였다. 그러나 시간이 지나며 동물과 사람이 서로 눈치도 보며 당연히 있는 존재가 되어 있다.

우리 집은 시골의 단독 주택이기 때문에 집 주변에 길고양이들이 유난히 많다. 어떤 때는 방충망을 사이에 두고 집고 양이와 길고양이가 서로 야옹야옹하면서 다투는 것인지 사랑의 대화를 하는 것인지를 분간할 수 없기도 하다. 지난해에는 갓 태어난 길고양이 새끼 7~8마리가 집 주위를 맴돌기도 하였다.

아들이 집안에 들여서 키우자고 고집을 부려서 여러 번 달래기도 했다. 그렇게 태어난 고양이들이 1~2년이 지난 후에는 어디론가 사라져 버린다. 대부분 죽는다고 한다. 이제까지 시골 생활을 한 지 10여 년이 지났지만 고양이 사체를 본적은 단 한 번밖에 없다.

어느 겨울, 배부른 고양이의 출산을 염려하여 따뜻한 옷으로 임시거처를 만들어 준 적이 있는데, 그중 한 아이가 죽었을까? 엄마 고양이는 아기를 그 근처에 두고 갔다. 잘 묻어 달라는 고양이의 부탁으로 여겨 양지에 묻어 준 적이 있었다. 그게 다가 아닐 터인데 그 많은 고양이의 생사를 알지를 못한다.

오늘 아침 본 길고양이가 다시 생각난다. 왜 그 고양이는 길에서 태어났고 우리 집고양이는 우리 집으로 왔을까? 내가 모르는 이유나 섭리가 있겠지만 아무것도 모르는 사람이 볼 때는 운으로 설명할 수밖에 없다. 근데 우리 집고양이는 운이 좋은 것일까? 내가 볼 때는 따뜻한 집에서 배불리 먹고 잘 수 있기에 운이 좋다고 생각한다. 고양이도 그렇게 생각할까? 고양이도 사람과 같은 형태로 생각을 하는 것일까? 인간이 볼 때 길고양이는 자유로울 수 있는 운을 타고났다고 볼 수도 있다. 그게 길고양이에게 운 좋은 것일까?

나는 사회세계에서 운 좋은 동물일까! 20여 년 전 대학에 오기 전에 직장 생활을 몇 년 하였다. 아침에 눈 뜨면서부터 출근하는 것이 지옥과 다름이 없었다. 당시를 돌이켜보면 언제 도착할지 모르는 숨 막히는 잠수를 계속하고 있는 심정이었다. 물 위로 중간에 올라오면 끝장난다는 마음의 반대편에는 지금 당장 탈출하고 싶은 극단적 생각이 하루 종일 떠나지 않았다.

당시에는 너무나도 긴 인간의 삶을 오늘처럼 유지해야 한다는 상상만으로도 공포가 온몸을 뒤덮었다. 단지 생존만을 위한 직장 생활은 개인에게 하루하루가 고통의 연장일 뿐이며 인간성을 갉아먹는 시간에 지나지 않는다. 그래도 운 좋게 직장의 몇몇 동료가 서로 의지하며 지냈기에 버틸 수 있는 시간이었다. 그리고 그때는 젊었고 미래를 위한 투자를 하고 있다는 사실에 스스로를 위로했다. 그 이후로 절망적 생존만을 위한 인간의 삶에 대한 공감이 커졌다.

오늘 아침 출근길에 우리 집고양이와 길고양이 중 어느 쪽 운이 좋은지, 두 고양이 중 어떤 편이 더 즐겁고 행복한지를 잠시 생각할 수 있는 여유를 지닌 삶에 감사하고 싶다. 그리고 출근하는 길이 고통스럽지 않고 만나는 동료나 학생들이 불편하지 않으며 하고 싶은 일들을 스스로 할 수 있기에 행복하다.

나는 지금 길고양이일까? 아니면 집고양이일까? 야생의 길고양이로 살아갈 자신이 점점 없어지고 있다. 굳이 따진다면 집고양이가 되고 싶어 하는 마음이 더 크다. 그러나 아직까지는 집고양이가 사람들로부터 학대를 당하거나 환경이 열악하다면 과감하게 길고양이의 삶을 선택해야 한다고 말하고 싶다.

그러기 위해서는 완전히 집고양이로서의 습속이 몸에 배지 않을 때 탈출을 시도해야 한다. 인간의 삶이 꼭 집고양이 형태로 마무리될 필요는 없지 않겠는가! 집고양이의 안온함이 학습된 노묘의 게으르고 배부른 호사가 아닌지 조심스럽기도 하다.

10
운(運)을 대하는 자세

"사람들은 매일의 행복과 불행이 교차되는 영역의
어느 지점에서 살아가고 있다."

모두가 운(運)이 따르길 원한다. 소소한 일상부터 인생 전체를 바꿀 수 있는 사건들까지 운이 따르길 원한다. 운이란 인간의 힘으로 설명하거나 예측할 수 없는 좋은 결과라고 할 수 있다. 인간은 태어나면서부터 운이 작용하는데, 즉 신체가 건강한 것, 지능이 높은 것, 부모가 부자인 것, 잘 보살펴 주는 양육자를 둔 것, 선진국에 태어난 것, 힘 있는 인종이나 민족에 속한 것, 국가나 사회의 중심 지역에 태어난 것 등을 일컫는다.

비슷한 상황의 조건에서 태어났다고 하더라도 각자의 생

각에 따라 운 좋게 태어났다고 여길 수도 있고 그렇지 않다고 볼 수도 있다. 타고난 운은 개별적 특수성에 따라 다르게 해석되기 때문에 천차만별의 대답으로 이어진다. 그렇다면 타고난 운을 바탕으로 이룬 개인적 성취를 사회의 구성원들에게 어느 정도 배분하는 것은 정당할까? 개인이 타고난 운을 지녔다 하더라도 힘든 노력과 위험한 선택을 통해 성취를 이루었을 것이다. 그렇기에 출생의 운과 함께 인내와 위험을 감수한 개인적 성공은 전부 그들의 것으로 볼 수도 있겠다.

그러나 『정의론』의 저자로 잘 알려진 롤즈(John Rawls, 1921~2002)는 출생, 이후의 노력과 선택까지도 우연성에 기인한 것으로 보고 그들의 성취 중 일정 부분을 사회적 약자들에게 배분해야 정의로운 사회라고 보았다. 예컨대 지능이 높고 부유한 가정에 태어난 사람이 고통스러운 노력과 위험이 뒤따르는 선택을 통해 이룬 결과물조차도 운과 연결되어 있다고 본다. 롤즈는 출생, 노력 그리고 선택을 포함한 개인적 성취의 전체를 운의 결과물로 보아 어렵게 살고 있는 사람들에게 분배하는 사회를 정의롭다고 본다.

개인에 따라 비슷한 상황이나 조건에 있다고 하더라도 운에 대한 기준을 다르게 적용하거나 느낀다. 예컨대 신체적으로 건강하고 평균 이상의 지능을 지녔다는 사실만으로 출생의 운을 타고났다고 생각하는 사람이 있다. 반면에 신체적 능력이 탁월하고 높은 지능을 지녔더라도 재벌이나 수십 수백억 원의 자산을 가진 부모를 두지 않았으므로 출생의 운이 없다고 판단하는 사람도 있을 것이다.

개인의 일상에서도 운은 다양하게 해석된다. 하루가 큰 문제가 없이 지나갔다고 운 좋은 하루라고 느끼는 사람이 있다. 반면에 아무 일도 일어나지 않은 운 나쁜 하루라고 생각하는 개인도 있을 것이다. 대개 사람들은 타고난 어쩔 수 없는 운은 잊어버리고 현재의 삶을 바꿀 수 있는 운을 기대한다.

또 다르게 많은 사람은 사소한 혹은 큰 성취를 운이라고 생각하지 않고 노력의 결과라고 본다. 그들은 자신이 바라지 않는 갑작스러운 결과에서만 운을 떠올린다. 예컨대 길을 가다가 넘어진다거나, 자동차 사고가 난다거나, 직장에서 구설수에 휘말린다거나, 다른 사람과 다투게 되면 운 나쁜 하루라고 생각한다. 어떤 사람들은 좋은 결과를 가져오면 당연하다고 무시하고 조그마한 부정적 사실에도 운이 없다고 판단하기도 한다. 그들은 평생 운이 없다고 자신을 괴롭히거나 슬픈 인생을 살아갈 가능성이 높다.

그렇다면 운의 좋고 나쁨을 결정하는 것이 그 사람의 마음먹기에 달려 있을까? 어떤 사람은 여러 가지로 고통스럽게 살 것 같지만 그럭저럭 안녕감을 유지할 수도 있다. 또 다르게 피상적으로 행복하고 여유로운 삶을 살고 있는 것 같은 사람이 불행과 걱정 속에 살기도 한다.

어쩌면 자신의 삶을 있는 그대로 받아들이고 안정된 삶을 유지하는 방편을 알고 있거나 획득할 수 있는 것도 운 좋은 사람의 특성을 지녔다고 할 수 있다. 자신의 기준으로 상대방이 운이 좋거나 나쁘다고 판단할 수는 없다. 인간은 타고난 운과 노력 중에 무엇이 그들에게 더 큰 영향을 미치는지 알지를 못한다. 그 와중에 사람들은 매일의 행복과 불행이 교차되는 영역의 어느 지점에서 살아가고 있다.

어느 정도 행복과 불행을 결정하는 것이 마음먹기에 달려 있다는 것을 인정하더라도 그것을 할 수 있는 조건을 공동체가 만들어주어야 한다. 예컨대 전쟁 속에서도 행복할 수 있지만 그것은 너무나 찰나이거나 약간의 고통 완화 수준에 그칠 수밖에 없다.

혼자서 걸을 수 없는 사람에게 아무런 사회적 장치도 없이 방 안에서 마음먹기로 행복하라고 강요한다면 가능하지 않다. 몇몇 성인군자를 제외하고 이런 사람들은 서서히 괴로움과 공포를 느끼고 개인적 운과 관련 없이 늘 불행한 상태에 머무르게 된다. 아니다. 성인군자라 하더라도 매일의 번뇌로 더 가혹한 수련이 필요했을지 모르겠다.

행복과 불행을 마음먹기에 따라 어느 정도 변할 수 있는 사회로 만들려면 어떻게 해야 할까? 그것은 세상의 가장 약한 존재인 어린아이들이 행복한 세상이 되도록 만들어야 한다. 여러 정책을 두고 무엇을 우선시해야 할지를 갈등할 때는 '어린아이들이 행복할 수 있느냐'는 기준으로 판단하면 틀릴 가능성이 낮다.

예컨대 절대 권력자로 일컬어지는 검사나 판사의 힘을 다른 기관으로 분산시키면 어떻게 될까? 당사자들은 당연히 반발하겠지만 어린아이를 둔 부모들은 사회적 힘의 원천이라고 판단하는 검사나 판사가 되어야 한다고 자녀들을 겁박하지 않을 것이다.

지역을 보다 풍요롭게 만드는 정책을 우선시한다면 부모들이 자녀들에게 서울에 있는 대학에 가지 않으면 인생 실패자라고 세뇌하지 않을 것이다. 경제적 능력이 조금 부족하더라도 사람들에게 무시와 혐오의 대상이 되지 않는 사회가 된다면 부모는 자녀가 원하는 대학 전공을 선택하는 것에 동의할 것이다.

공동체는 개인 스스로의 마음먹기에 따라 어느 정도 행복할 수 있는 장치들을 만들어가야 한다. 그렇게 하기 위해서는 타고난 운 좋은 사람들의 성취물을 그렇지 않은 사람들에게 나누어주는 문화적 진리가 형성되어 있어야 한다. 일반 대중은 특정한 성취나 지위가 인간사의 모든 불행과 행복을 결정하지 않는 사회가 되어야 마음먹기라는 수단으로 행복을 향유할 수 있다.

너무나도 운 좋은 사람들이 부리는 심술로부터 우리를 보호하기 위해서는 세뇌당하거나 이용당하지 않을 힘을 키워야 한다. 공동체를 이끈다고 주장하는 사람들에게 현혹되지 않기 위해서는 그들이 펼치는 주장이 가장 나약한 존재들에게 조금이라도 더 나은 행복을 제시해 주는지를 따지면 된다. 하나의 기준은 앞으로 태어날 아이들 그리고 지금 뛰어놀고 있는 아이들이 행복해질 수 있는지로 판단하면 크게 어긋나지 않는다.

11

포춘쿠키를 열어보는 설렘을 남겨두자

"지금을 살아내어 자신으로부터 최후에 어떤 운을
듣게 될지 궁금증을 가지고 사는 것도 좋지 않겠는가!"

운 좋은 사람은 어떤 사람인가? 아마도 인생 전반에서 보면 젊은 시절 간절히 바라던 목표를 달성한 사람이라고 할 수 있다. 그러나 인간사가 자신이 원하는 쪽으로 모든 것이 흘러가지는 않는다. 인생의 쓴맛과 단맛을 두루 겪었지만 인간이 감당할 수 없을 정도의 괴로움을 맞닥뜨리지 않았다면 운 좋은 삶이라 할 수 있다.

혹자는 인간으로 태어난 자체가 엄청난 행운이라고 말하지만 그렇게 단정하기에 미안한 사람들도 많다. 태어나는 순간부터 질병으로 고통을 겪는 사람도 있고, 살아가는 모든 순간이 아픔의 연속인 사람도 있다. 단지 인간으로 태어났다고 운 좋은 것이라고 말할 수 없는 이유이다.

예전에 학술 연구를 목적으로 여러 명의 북한이탈주민을 인터뷰한 적이 있었다. 그들은 1990년대 후반 북한의 고난의 행군 시기에 다양한 루트로 한국으로 이주한 사람들이었다. 많은 슬픈 사연이 있었지만 중국의 두만강을 건너 몽골을 경유지로 한국으로 이주한 한 여성이 기억에 오래 남아 있다. 그녀는 몇 명의 사람들과 함께 방향도 알 수 없이 끝없이 펼쳐진 사막을 가고 가다가 탈진하여 죽음만 떠올렸다고 했다. 더 이상 견디지 못하고 신에게 간절히 기도한 후 잠이 들었는데 깨어보니 몽골 군사들이 자신을 데리고 가서 살 수 있었다고 했다.

그녀는 자신에게 신적인 영감이 왔다고 하면서 운이 사람을 살리고 죽인다고 확신했다. 당시 중국과 몽골의 사막에 수많은 북한이탈주민이 있었을 것이다. 그들 중 일부는 중국군에 잡혀 북한으로 돌아갔거나 사막에서 굶주리다 사망했을지도 모른다. 그러나 그녀와 마찬가지로 거기에서 살아남은 사람들이 자신을 운 좋은 사람이라고 여기며 운이 모든 것을 결정한다고 확신할 수도 있다.

인간에게 출생의 운이 아닌 선택 혹은 노력의 운은 자신의 길을 치열하게 살아가는 사람 중에서 시간이 많이 지난 후에 확인된다. 그 북한이탈주민도 북한에 가만히 앉아서 '내 운명이 여기까지지 뭐.'라고 순응하지 않고 굶어 죽지 않기 위해 중국과 몽골을 경유하는 치열한 투쟁을 통한 운을 선택하여 남한으로 이주하게 되었다. 주위를 돌아보면 사회적 지위나 명예 그리고 부를 취득한 중년이나 노년의 사람들에게서 유사한 특징을 흔히 볼 수 있다.

사회적으로 성공한 사람들이 단지 운이 좋아 그러한 위치에 오른 것만은 아니다. 한 사람 한 사람 세심하게 들여다보면 시작부터 치열하게 노력하였을 것이다. 또한 그 북한이탈주민과 마찬가지로 위험한 선택을 조마조마하게 했을 것이고 좌절과 위기를 끝없이 넘겼을지도 모른다. 그런 과정을 볼 수 없었던 제삼자의 눈에는 그들의 성취를 운 좋은 결과물로만 볼 수도 있다.

물론 그중에는 개인적이고 사회적 운이 크게 작용하여 어려움이나 고난 없이 그렇게 된 사람도 있을 수 있다. 그러나 대부분은 치열한 삶의 투쟁과 인간의 한계 속에서 절망과 희망을 교차하는 외로움과 고난을 버틴 후에 성취물을 얻었을 것이다.

죽기 살기로 노력하고 선택하여 사회적 성취를 이룬 사람이라고 하더라도 운도 분명히 작용했다. 그렇기에 자만하거나 다른 운 나쁜 사람들을 무시하지 않아야 한다. 그들은 99%의 노력과 1%의 운이 작용했다고 거만하게 굴지 않아야 한다. 또한 자신의 노력만으로 바라는 것이 언제나 달성된다고 거드름을 피우지 않아야 한다. 운 좋은 성취자는 가만히 있어도 온갖 기분 좋은 아부와 아첨을 여러 형태로 받을지도 모른다. 그들은 그것을 당연시하고 자만하는 순간부터 조금씩 운이 떠날 수 있다.

그렇다고 운 좋은 사람을 무조건 시기하거나 질투하고 적으로 삼을 필요도 없다. 운 좋은 사람이 겸손하게 살거나 다른 사람과 함께 살아가려는 태도를 지녔다면 그대로 존중해 주면 된다. 나이가 60세가 넘었다고 하더라도 운 좋은 삶이 없는지 혹은 그렇지 않은지를 단정할 수 없다. 어쩌면 죽음을 맞이하는 순간 자신의 운을 자신에게서 들을지도 모른다. 그렇기에 지금을 살아내어 자신으로부터 최후에 어떤 운을 듣게 될지 궁금증을 가지고 사는 것도 좋지 않겠는가!

12
행복의 유효기간

"나머지 사람은 '나에게 올 행복이 남아 있을까?'를
계산하고 있을지도 모른다."

인간 누구나 행복을 꿈꾼다. 다만 무엇이 행복인지에 대한
각자의 기준은 다르다. 사람들은 한순간, 하루, 한 달, 1년,
10년, 평생을 기준으로 행복을 다르게 본다.

'지금 순간'의 행복이라면 피곤한 사람들은 잠깐 눈을 감을
수 있으면 행복하다고 느낄 수 있다. 또 다른 사람은 맛있는
것을 먹고 싶거나 게임을 하고 싶은 것을 하는 순간이다. 연
인과 함께 있는 사람은 상대방이 자신을 좋아해 주었으면 바
라거나 이야기가 통했으면 하는 기대가 이루어지는 순간이
다. 어떤 사람은 그냥 기분이 좋거나 슬프지 않고, 신체가 편

안하며 걱정이 사라지는 순간을 행복이라 부른다.

'하루'는 조금 다를 수 있다. 학생들은 학교에서, 직장인들은 직장에서, 영업하는 사람들은 영업장에서, 시험을 준비하는 사람들은 도서관에서 그들의 자존심 손상 없이 바라던 하루의 결과물을 얻는 것을 하루의 행복이라 부를 수 있다. 하루의 행복은 물질적인 것이 아니라 주로 정서적 측면이 강하다.

예컨대 하루의 대부분 기분이 좋았다든지, 자신의 말과 행동을 인정받아 기쁘다든지 등을 일컫는다. 아주 가끔은 중요한 시험의 결과를 통보받거나 원하던 계약을 성사시키는 것과 같이 인생의 방향을 전환하는 일들이 발생하지만 흔하지는 않다. 하루의 행복은 어제, 오늘 그리고 내일로 이어지는 감정의 유쾌함 또는 편안함을 의미한다.

'한 달'의 행복이란 애매하다. 일반적으로 한 달의 행복을 계산하거나 계획하는 일도 드물고 추정하기가 쉽지 않다. 예컨대 직장인이라면 매달 월급을 꼬박꼬박 받는 것이라고 할 수 있지만 요즈음은 언제 월급날인지도 모르게 전자시스템에서만 존재한다. 또한 상인이라면 월세 내고 한 달 생활비를 안정적으로 확보하는 정도이다. 혹은 이번 달에도 가족이 건강하고 지인들과 별다른 갈등 없이 잘 지냈다는 안도감일 수도 있다. 한 달의 행복은 특별히 기획하고 행하는 사람이 아니라면 기준으로 삼을 단위는 아니다.

'1년'의 행복은 무엇을 의미할까? 나이가 어릴수록 1년의 행복을 계획하고 만들기 위해 노력하는 사람들이 많지는 않다. 성인이라고 하더라도 대개 연초의 행복 계획은 작심삼일로 끝나기가 다반사이다. 1년의 행복은 연초의 소망에 기인하는 행복을 시작으로 한 해를 마무리하는 과정에서의 성취와 결과의 행복이 공존하는지도 모르겠다. 어떤 사람은 계획되지 않은 일들이 발생하여 행복하기도 불행해지기도 한다. 그래도 1년의 행복 기준은 사람마다 뚜렷하게 정할 수도 있다.

예컨대 직장인들은 승진이나 급여 인상이 포함될 수 있고, 수험생이라면 원하는 학교나 직장에 합격하는 것이 궁극의 행복 도달점이라고 믿는다. 또 다른 사람은 집안의 인테리어를 교체하거나 골프를 배우거나 좋은 자동차를 구입하는 행복의 기준을 정할 수 있다. 이는 순간, 하루, 한 달의 행복과 겹치기도 한다. 사실 1년의 행복은 1년 내내 행복의 감정을 느껴야 하는지, 어떤 순간 꼭 이루고 싶은 것을 확보하는 것에 초점을 둬야 하는지는 사람에 따라 다르다.

'10년'의 행복을 상상하고 기준을 정하는 것은 쉽지 않다. 특히 나이가 어리면 어릴수록 10년 이후 자신의 행복 잣대를 기획하고 이를 달성하기 위한 과정을 떠올리기는 어렵다. 보통 자기 자신보다는 가족이나 사회적 기준을 전달받아 막연한 행복 목표를 설정한다.

그러나 이를 실행하는 일은 '현재 행복하지 않음'을 끊임없이 마주하며 참을성과 고통을 이겨내는 과정이 된다. 성인들도 직장에서 승진하거나 더 좋은 일자리로 옮기거나 저축하여 집을 마련하기 위한 행복 목표를 정할 수 있다. 이를 위해서는 현재 하고 싶은 일들을 하지 않고 먼 미래의 행복 기준을 달성하기 위한 고통스러운 인내가 필요하다.

그렇다면 인간의 '평생' 행복은 각자가 만들 수 있을까? 학생이 최선을 다해 열심히 공부하면 원하는 대학이나 학과에 가서 행복해질 수 있을까? 성인이 죽기 살기로 일하면 자신이 원하는 부자가 되어 행복해질 수 있을까? 답은 그럴 수도 있고 아닐 수도 있다가 맞을 것이다. 학생의 공부는 노력도 중요하지만 타고난 운, 즉 지능이 어느 정도 수준이 되지 않으면 원하는 결과를 얻기가 쉽지 않다.

또한 대부분의 성인은 하루하루 지칠 정도로 노력하고 있지만 그들이 원하는 부나 업적을 이후에 얻을지 장담할 수 없다. 부와 사회적 지위를 얻었지만 건강을 늘 걱정하는 사람들도 있게 마련이다. 운 좋게도 자신이 바라는 행복의 기준에 먼저 도달한 사람도 많을 것이다. 그리고 나머지 사람은 '나에게 올 행복이 남아 있을까?'를 계산하고 있을지도 모른다. 산술적으로 불가능하다는 사실을 의식적 또는 무의식적으로 알게 될 즈음, 사람들은 수백만 명 중 한 명이 될 수도 있는 로또복권 당첨이 나에게 남은 마지막 운이길 바라고 있는 것일까?

단순화시켜 보면 찰나의 행복은 자신이 어떻게 만들어 볼 수 있겠지만 먼 미래의 행복은 자신의 손 밖에 있는 것처럼 보이기도 한다. 그렇다고 전혀 연결되지 않고 끊어져 있는 것도 아니다. 어제와 오늘의 내가 내일의 자기 자신과 연결되는 것도 분명한 사실이다. 어떻게 하면 오늘도 행복하고 내일도 행복할 수 있을까!

13
'행복'을 생각할 시간이라도 있으면 좋겠다

"인간은 '살아 있음'이라는 오묘한 행복을
누구든지 향유할 수 있어야 한다."

행복은 텍스트로 서술될 수는 없지만 나름의 생각을 정리
하면 다음과 같다. 행복이란 '한순간 느끼는 감정의 편안함,
쾌락, 즐거움, 좋음, 안정감, 만족, 자부심, 돋보임, 우쭐함,
칭찬, 소속감 등이 연속적으로 개인 전체에 안겨져 있는 상
태'라고 하고 싶다. 나이가 들면 들수록 이러한 행복 상태를
개인이 마음대로 통제하여 만들 수 있는 상황이 그렇게 많지
않다.

예컨대 어쩔 수 없이 가야 하는 학교나 직장에서 늘 만나
는 동료나 상사가 자신이 감당할 수 없을 정도로 교묘하거나

직접적으로 괴롭힌다고 가정해 보자. 이런 경우엔 아무리 혼자서 수양을 한다고 하더라도 행복을 만들어낼 수 없다.

이것을 느끼는 순간, 온 힘을 다해 행복하지 못함을 저지하고자 정치적으로 대응하겠지만 성공하지 못한다면 심리적, 신체적 괴로움과 위축으로 자기를 비난하며, 불행 속에 빠진다. 이러한 늪 속에 있는 사람들은 언젠가 끝날 것이라는 예측의 힘은 상실되고 영원히 빠져나올 수 없다고 단언한다. 이때 주변의 위로, 즉 "그렇게 힘들면 그만둬도 돼."는 그냥 지나가는 헛소리에 불과하다.

우리를 더욱 가슴 아프게 하는 일은 어디서 누가 어떻게 자신을 불행하게 만드는지도 모른 채 지내는 사람들이 많아지고 있다는 사실이다. 예컨대 신체적인 장애를 지녔다거나 정신장애인으로 진단되었다거나 사회적으로 가난한 자로 낙인찍힌 사람들이 일상에서 겪는 압박이나 무시는 측정할 수 없는 지경으로 상승하고 있다. 그들은 공동체의 분위기 속에서 자발적으로 위축되고 다른 사람 앞에서 할 말이나 행동을 스스로 검열하다가 문제의 모든 원인을 자신에게 돌리는 자기혐오에 빠신다.

사회적 지위가 높거나 부자이거나 권력을 가진 자는 훨씬 쉽게 일상의 행복을 유지한다. 왜냐하면 자신이 하고 싶은 일들을 스스로 할 수 있을 뿐만 아니라 다수의 사람으로부터 기분 좋은 말의 향연을 들을 수 있기 때문이다. 그들은 그런 영혼 없는 기계적 아부에도 스스로 존재 가치를 격상시키기도 하며, 우쭐함을 행복함으로 오해하기도 한다.

이렇게 반응하는 일부의 사람들은 사회적 지위와 부에 대해 자신의 노력에 의한 결과물로만 착각한다. 그리고 당연히 그러한 대우를 받아야 하며 그것이 영원할 것이라고 여기곤 한다. 그들은 인간의 삶과 행복에 대해 성찰할 기회를 상실한다.

'인간은 왜 태어났는가'와 같은 철학적 질문 너머 '어떻게 살아가야 하는가?'라는 질문이 더 중요하다. 인간은 '살아 있음'이라는 오묘한 행복을 누구든지 향유할 수 있어야 한다. 그러기 위해서는 지금 이 순간에 각자의 삶의 의미와 행복을 시시때때로 확인할 수 있어야 한다. 이를 위한 시간적 여유와 공간이 자의적이든지 타의적이든지 마련될 필요가 있다. 예컨대 개인의 미래 행복을 위해 현재를 지나치게 압박하지 않아야 한다. 또한 공동체의 행복을 위해 개인의 고통을 무시해도 된다는 문화적 진리를 해체해야 한다.

행복은 인간에게 저절로 주어지는 것이 아니라 연습과 훈련을 통해 습득되는 마음의 한 영역이다. 예를 들면, 아이가 걸음마를 시작하면 부모와 친지들이 기뻐하고 그것은 아이의 행복으로 전달되어야 한다. 조금 더 커서 친구의 어려움을 도와주었을 때 스스로 느끼는 행복을 반복 경험해야 한다. 그리고 좋아하는 운동이나 놀이에서도 기쁨을 느끼고, 서로 도움을 주고받는 행동으로 즐거움을 배워야 한다. 또한 사람마다 생각과 행동이 다를 수 있다는 통찰에 감응받아야 한다. 좋아하는 영화나 음악에서 위로받거나 철학적 사유로부터 힐링하는 마음 공간을 만들어 행복을 쌓아갈 수 있어야 한다.

행복, 그 자체는 지극히 개인적인 감정 혹은 느낌이다. 어떤 사람은 자신이 알아차리지 못하는 깊은 감정의 어두움 속에서 불안하고 우울하며 괴로운 일상을 경험한다. 그들은 돈이 많고 사회적 지위가 높고 외모가 돋보인다고 하더라도 행복하다고 느낄 수가 없다. 그런 사람은 스스로 행복해지기 위해 노력해야 한다. 우리가 흔히 말하는 대처 방안들, 즉 운동해라, 햇볕을 쬐어라, 사람을 만나라, 상담을 받아라 등을 조언할 수 있다. 그들은 손에 잡히거나 눈에 보이는 사람이나 제도를 이용해 스스로를 행복하게 할 수 있다. 그렇다고 그들에게 쉽게 행복이 찾아온다는 이야기는 아니다.

하지만 어떤 사람은 잘 짜인, 눈에 보이거나 보이지 않는 그물망 속에서 옴짝달싹 못하는 불행에 허우적거릴 수 있다. 그들은 우리 모두일 수도 있고, 어떤 연령대 일수도 어떤 상황 속에 있는 사람일지도 모른다. 기간이 짧으면 좋겠지만 평생 지속될 수도 있다. 그물망 속의 인간 삶의 목적은 살아남는 것과 삶을 포기하는 양극단만 남아 있게 된다. 그 속에서는 짧은 행복을 생각하는 것조차 사치가 될지도 모른다. 그리고 어디서부터 출발하여 사람의 행복을 이야기해야 할지 갈피를 잡을 수 없게 된다. 그들을 위한 위로가 시작되어야 한다.

14

오늘의 세상이 위로받길

"멀리서 보면 정지된 것처럼 보이지만
거대한 흐름이 쉼 없이 지속되고 있다."

　지금부터 30년 뒤인 2053년의 세상 사람들은 오늘을 어떻게 볼지 궁금하다. 원하건대 2023년 그때는 사람이 살기 힘든 세상이었고 어떻게 버티었는지 서로서로 대견해했으면 좋겠다. 1950년 한국전쟁을 겪은 세대가 1980년에 이르러 힘겨웠던 과거를 회상하듯이 말이다.

　오늘날 계층, 나이, 성별을 불문하고 전 세대에 걸쳐 한국인이 더 잘 살지 못하는 사유를 추상같이 진단하고 있다. 사람들이 힘겨워하는, 즉 두려워하는 삶의 문제가 무엇인지는 정제되지 않은 채 이야기가 되어 혼란스러운 것 같지만 구성원 모두는 정확히 알고 있다. 또한 행정부나 국회를 중심으로 구조적으로 해결해야 할 과제가 무엇인지, 사회구성원 한명 한 명이 어떻게 변해야 하는지도 모르는 사람이 없다.

다만 힘 있는 기득권자들이 복잡한 혼돈의 세태 속에 숨어 자기들이 유리한 편으로 시늉만 하고 세상을 바꾸려고 하지 않을 뿐이다. 일반 대중은 사람이 살만한 세상이라고 생각하지 않는다. 두 가지 객관적 지표, 즉 세계 최대의 자살률과 세계 최소의 출생률로 알 수 있다.

한국은 지난 20년간 거의 30만 명이 자살로 생을 마감하였고, 출생아 수는 20년 전의 절반에도 미치지 못하고 있다. 출생률을 높이고 자살률을 낮추기 위해 막대한 예산을 사용하고 있다고 발표하지만 지난 10여 년간 수치 변화는 거의 없다. 다르게 말하면 일반 대중이 느끼는 살 만한 세상으로의 변화가 이루어지지 않았다는 반증이다.

지난 2022년 대통령 선거에서 유력한 두 후보 중 한 명의 후보는 세상을 바꿀 시간이 1년 정도이고 또 다른 후보에게는 3년 정도의 시간이 있을 것으로 보였다. 한국은 대통령에게 많은 권한이 있지만 세상을 바꿀만한 힘이 있는 것은 아니라는 사실을 다시 한번 느끼고 있다. 특별한 사람이나 특정한 세력집단이 세상을 획기적으로 바꾼다는 과도한 기대는 언제나 실망과 좌절을 안겨준다.

세상은 사람들, 특히 젊은이들에 의해 서서히 바뀔 것이다. 장강의 뒷물이 앞물을 밀어내듯이 멀리서 보면 정지된 것처럼 보이지만 거대한 흐름이 쉼 없이 지속되고 있다. 모두가 주장하는 바뀌어야 하는 공동체의 현상, 즉 출생아가 줄어들고 수도권으로 집중되는 도시국가 형태로의 변화 및 인간 등급화와 혐오 그리고 죽음의 선택을 강요하는 문화적 진리가 쉽사리 바뀌지 않을 것 같다. 한국전쟁이 끝난 30년 후 신체적 살상을 복구하였듯이 2053년에는 오늘날 한국사회를 잠식한 정신적 살상으로부터 벗어나 있기를 간절히 소망한다.

*
| **4장** |

혼자가 된 후의 위로

01
내가 아무것도 아니라서 행복해

"인간은 내가 아무것도 아니란 사실을 인지하면
삶과 죽음의 영역에 새로운 질문을 던질 수밖에 없다."

인간은 태어나면서 세상의 중심이라고 여기지만 시간이 지나면서 자신을 보호하거나 통제하는 외부자를 인식한다. 자신의 외부에 있는 가족뿐만 아니라 또래들을 만나면서 하고 싶은 대로만 할 수 없다는 사실을 알게 된다. 그러한 사실 때문에 화를 내거나 슬프고 다소간 위축될 수도 있다. 인간은 서서히 외부의 존재들을 만나면서 자신이 우주의 중심이 아니라는 사실을 알아차린다.

아이들은 공식적 조직인 초등학교에 입학하면서부터 자기 마음대로 행동할 여지는 매우 좁아진다. 왜냐하면 딱딱한 규

율과 규칙뿐만 아니라 자신보다 힘도 세고 똑똑한 아이들로부터 눈치를 보거나 비위를 맞추어야 하기 때문이다. 그렇다고 모두가 똑같이 대응하는 것은 아니어서 어떤 아이는 조용히 회피하며 지내고, 또 다른 아이는 사소한 일이라도 반항부터 한다. 혹은 소수의 특권 계급의 자녀는 부모의 힘으로 초·중·고까지 자기중심의 거짓 진리에 파묻혀 있을지도 모른다.

어느 시점부터라고 단정할 수는 없지만 인간, 특히 '나라는 존재가 아무것도 아님'을 깨닫게 되는 시기가 찾아온다. 자신이 세상의 특별한 존재도 아니고 우주가 자신을 중심으로 돌아가지도 않는다는 진리를 마음의 심연으로부터 전달받는다. 이때 개인은 걷잡을 수 없는 혼란과 불안, 그리고 자신의 길, 즉 인간의 삶에 대한 새로운 성찰이 필요함을 깨닫는다.

인간은 내가 아무것도 아니란 사실을 인지하면 삶과 죽음의 영역에 새로운 질문을 던질 수밖에 없다. 삶의 영역에서 보면, 이 세상의 모든 인간의 삶과 자신이 다르지 않음을 직면해야 한다. 예컨대 다른 사람이 싫어하거나 혐오하는 사람들 속에 자기 자신이 포함될 수 있다. 또한 최소한 인간답게 살아갈 수 있는 경제력을 상실할 수 있다. 혹은 자유롭게 움직일 수 있는 여건을 상실할 수도 있다. 이러한 모든 일이 타인과 예외 없이 똑같이 일어날 수 있음을 알아차려야 한다.

내가 아무것도 아님을 알아차리기까지는 길고 힘든 시간이 필요했다. 시골의 초등학교와 중학교를 졸업한 후 도시에 있는 고등학교에 입학하여 자취를 했다. 처음으로 세상의 중심이라는 유아기적 발상에서 벗어나 내가 아무것도 아니라는 실체를 뼈저리게 깨닫기 시작했다. 하지만 혼란된 경험을 통해 선뜻 인간 무리 중의 하나임을 받아들이지 못하고 모른 체하거나 도망가기에 바빴다.

보다 직접적으로 내가 아무것도 아닌 존재임을 확인한 경험은 강원도에서의 군생활이었다. 군대는 땀과 흙으로 뒤범벅된 힘든 훈련의 장소가 아니었다. 대신에 내가 여기서 죽어도 수많은 병력 중의 한 개 손실 그 이상도 이하도 아님을 깨닫도록 만들었다. 실존주의를 일컫지 않더라도 인간, 특히 나는 단지 세상에 던져진 하나의 미물 그 자체라는 생각에 전율을 느꼈다.

내가 아무것도 아님은 타인과의 공감 능력이 확대되면서 강화되었다. 다른 사람, 특히 정신병을 지닌 사람들의 내면을 들여다보기 시작하면서 근원적으로 내가 아무것도 아님을 보다 분명히 확인하였다. 정신질환자와 비정신질환자 둘 다 정신의 내용물이 다르지 않다. 이것을 받아들이기가 쉽지는 않았다. 인간은 깊고 난해한 타인의 정신세계를 이해하려는 노력을 통해 자신이 수많은 사람 중의 한 명임을 인정할 수밖에 없다.

두 번째로 죽음의 영역, 즉 죽음을 직면할 때 내가 아무것도 아님을 받아들일 수밖에 없다. 과정은 사람마다 다르겠지만 무척 괴롭고 힘든 여정이다. 그렇기에 많은 사람은 죽음의 직면을 차일피일 미루거나 애써 외면하기도 한다. 오늘날 피부 미용, 신체 활력의 유지, 사회적 활동의 유지 등에 온 힘을 다하는 사람들로부터 확인할 수 있다. 신체 활력을 유지하거나 외모를 보기 좋게 다듬는 것은 필요하다. 그러나 지나칠 정도로 집착한다면 죽음을 외면하여 내가 아무것도 아님을 인정하지 않기 위해 발버둥 치는 것에 불과하다.

요즈음 정치하는 사람들에게도 비슷한 특성이 나타난다. 예컨대 60대를 넘어 70대 80대까지도 은퇴하지 않고 권력을 움켜쥐려고 혼신의 노력을 다하는 경우이다. 그들 대부분은 나름의 변명과 소명을 지닌다. 그러나 자신의 사멸을 받아들이지 못하고 내가 아무것도 아니라는 내면의 소리를 인위적으로 거부하는 시위에 지나지 않는다. 개인적으로는 그럭저럭 죽음의 불안을 외면하는 행위일지 몰라도 인간 집단에게는 별로 반가운 현상이 아니다.

그렇다면 내가 아무것도 아님을 알아차리면 어떻게 해야 할까? 우선 한동안 나타나는 불안, 초조함, 고통, 괴로움, 분노 등을 자연스러운 현상으로 보고 기다려 줄 필요가 있다. 애써 마음을 달래려 하거나 거부하게 되면 더욱 강하게 나타나기 때문이다. 그다음 세상 사람들이 그것에 대응해 온 여러 가지 방법 중의 한 가지 혹은 여러 가지를 선택하여 실행하면 된다.

내가 아무것도 아님을 알았을 때 자신을 달래는 직접적 방법은 '현재 이 순간에 집중'하는 것이다. 많은 심리치료자가 강조하는 방법이기도 하다. 이것은 분명히 단점이 있다. 바로 현재 집중할 거리가 필요하다. 그 대상은 개인의 욕망이나 성취와 관련이 되어 있어야 오랜 기간 집중할 수 있다. 이것을 개인이 스스로 찾기란 어려움이 많다.

어떤 사람에게 무조건 현재 이 순간에 집중하라고 윽박질러도 소용이 없다. 예컨대 이렇게 하면 심리적 안정이 된다고 압박하는 경우이다. 또는 이것을 매일 하면 사회적으로 성공한다는 억압도 마찬가지이다. 혹은 종교적 목적을 위한 것이든지, 이타심을 자극하는 것이든지 자발적 의욕이 없는 것을 말한다. 현재에 집중할 대상을 찾아주는 것은 어릴 때는 가족, 학교, 친지 등이다. 성인이 된 이후에는 지역사회와 공동체가 사람들에게 집중하고 몰입할 거리를 제공해 주어야 한다.

어떤 시기가 되면 내가 아무것도 아니란 성찰의 기회를 온몸으로부터 요구받는다. 불편하고 두렵다고 외면하거나 늦추게 되면 영원히 응석 부리는 어린아이로 남는다. 이때가 마음속의 진정한 용기를 불러내어 어둡고 모호한 터널에 깊숙이 참여해야 할 시기이다. 그 터널의 끝을 완전하게 설명할 혜안은 없다. 그러나 자신에게서 찾을 수 있는 진정한 행복에 도달할 기회를 얻는다고 믿고 싶다.

02
무리 속에서 살아남는 법

"많은 일을 참을 수는 있지만
언제나 모든 것을 참을 수는 없다."

인간은 무리 속에서 다른 사람과 지내야 한다. 한국에서는 대개 어린이집이나 유치원부터 집단 내의 한 사람으로 살아가야 한다. 어떤 아이는 쉽게 잘 어울리는 것처럼 보이고, 또 다른 아이는 홀로 고립되거나 도움이 많이 필요할 수 있다. 어떤 사람은 다른 사람들과 함께 스트레스나 문제를 해결하려고 한다. 반면에 타인과 단절된 공간에서 자신을 보호하면서 힘을 얻는 사람도 있다.

어린아이는 무리 속에서 성공적으로 살아남는 경험이 필요하다. 둘째 아이가 유치원 다닐 때 미국에 안식년을 갔었다. 첫날 영어를 쓰고 읽고 말하기가 전혀 되지 않은 아이를 초등학교에 등교시켜 놓고 안절부절못하였다. 첫날부터 점심도 먹고 오후 3시 정도에 마치고 나오기에 얼마나 기특한지 번쩍 안아주었다. 아이는 왜 그러는지 어리둥절해했다. 그 반에 한국어를 하는 아이가 한 명도 없었는데 어떻게 지냈는지는 지금도 궁금하다. 6개월쯤 지난 후에 둘째가 하는 말이 한 달 동안은 학교에서 소변도 보지 못했다고 했다. 정말 많이 긴장했던 모양이다.

둘째는 미국 아이들도 모두 처음 학교에 왔기 때문에 소그룹이 형성되지 않았고, 신체적 발달이 빨라서 물리적 힘에서 밀리지 않았기 때문에 나름 적응을 할 수 있었다. 1년의 미국 경험은 선천적으로 사교성이 발달되지 않은 둘째에게 이후 학교생활에 큰 도움이 되었다. 즉, 말이 통하지 않은 낯선 곳에서도 살아남았다는 자부심으로 초등학교나 중학교에서 친구들이나 형들과 잘 지냈다.

우리나라의 경우 첫 무리 속 활동은 비슷한 또래의 친지나 부모의 친구 자녀들과 이루어진다. 이때 아이가 무리 속에서 어떻게 지내고 있는지 잘 관찰하는 것이 좋다. 자기 아이의 입장에서 보면 늘 힘으로나 말로 당하는 것처럼 보일 수 있지만 객관적 입장으로 대해야 한다. 아이가 말을 할 수 있으면 주로 돌아오는 길에 재미있었는지를 물어보면 된다.

아이가 그런 사적 모임을 힘들어하거나 싫어하는 눈치이면 꼭 필요한 상황이 아니라면 부담스러워하는 모임에 굳이 데리고 갈 필요는 없다. 대신 아이가 한두 명의 아이와 재미있게 놀면 그 아이들과 의도적으로 잦은 만남을 가지도록 하면 좋다. 아이가 처음으로 접하는 집단이 어떤 곳이어야 한다는 정답은 없다. 그러나 아이가 그 무리 혹은 다른 아이들과의 만남이 재미가 있고 부담이 없어야 한다. 특히 선천적으로 사교적 능력의 발달이 느리거나 예민한 아이의 경우에는 부모가 조금 더 관심을 기울일 필요가 있다.

유치원부터 시작되는 공식적 집단은 가까운 무리가 마음에 들지 않는다고 자주 바꾸거나 선택하기가 어렵다. 초등학교 이후에는 더욱 그러하다. 이때 아이가 학교에 잘 적응하지 못한다는 이야기를 교사에게 듣게 되면 참으로 난감하다. 자신의 아이가 친구들과 잘 못 어울려 혼자 있다는 것도 힘들다. 또한 다른 아이들을 괴롭히거나 집단 전체의 분위기를 엉망으로 만든다는 전달도 부모를 힘들게 한다.

이렇게 극단적인 경우가 아니라면 대개 아이들은 자신의 방식으로 친구를 사귀고 학교라는 집단에 적응해 나간다. 가장 좋지 않은 부모의 지도는 다른 아이가 괴롭히면 똑같이 두들겨 패라고 가르치는 것이다. 이런 문제해결 방법은 나이가 어릴수록 잘 적용되는 것 같지만 나이가 많아질수록 다른 해결 방법을 찾지 못해 고립될 가능성이 높다.

학교에 다닐 때 아이가 친구도 한두 명 있고 월요일 가기 싫어하기도 하지만 시험도 보고 견학도 다니면 잘 적응하는 것이다. 그러면 부모는 감사하게 생각해야 한다. 어떤 날은 자신의 아이가 친구나 교사로부터 손해를 좀 보는 것 같아도 참고 기다리면 좋은 역할을 하는 것이다.

초등학교 저학년일 때 부모가 하지 않아야 하는 말은 '누구와 사귀어라.' 혹은 '누구와 사귀지 말라.'고 하는 것이다. 이는 아이가 자신의 의지로 사람과 관계하는 방식을 연습할 기회를 박탈하는 것이다. 부모가 부자인 친구를 두게 하고 싶으면 사립초등학교에 입학을 시키든지, 부유한 아이들이 다니는 학교 근처로 이사를 가면 된다.

부모가 아이의 먼 미래를 생각한다면 공부를 잘하고 부유한 집안이나 인기 있는 친구를 사귀라고 강요하지 않아야 한다. 마찬가지로 가난하거나 공부를 잘 못하거나 인기가 없는 아이는 사귀지 말라는 것도 어리석은 행동이다. 그렇게 되면 아이는 세상을 이분법으로 구분하게 된다. 그리고 타인이 싫어하는 집단에 소속될지도 모른다는 염려와 불안이 늘 상존할 수 있다.

사람 속에 잘 머물러 있고 관계를 잘하는 사람은 많은 훈련과 연습의 결과이다. 그것은 개인의 좋은 자산이다. 그러나 사회세계에서는 수평적 관계를 잘한다고 어려움이 없는 것은 아니다. 예컨대 인격적으로 미성숙한 상사를 만난다면 사교성이 힘을 발휘하지 못할 가능성도 높다. 이런 사람이 없는 조직을 찾아가는 것도 운이다.

직장이라든지 사회 조직에 포함된 사람은 그곳에서 무엇을 추구하는지를 빠르게 알아차려야 한다. 그 판단을 통해

할 수 있는 일과 해야 하는 일을 구분하여 자신의 수준에 맞추어 해결해 나가야 한다. 어떤 영역의 직장이나 조직에서는 학교 다닐 때만큼 무리에 포함되지 않아도 고통스럽거나 불편하지 않을 수도 있다.

여러 사람과 일하고 관계하는 것을 선천적으로 힘들어하는 사람은 그런 일을 해야 하는 조직에서는 자신의 역량을 발휘할 기회를 얻지 못할 수도 있다. 예컨대 음주량으로 비공식적 서열을 정하거나 대인관계 능력을 판단하는 것 같은 조직에서 비음주자는 소외되거나 몸을 해칠 가능성이 높다.

고등학교나 대학교까지 친구가 한두 명 있었다면 무리 속에 충분히 참여할 수 있는 능력이 있다고 보아도 된다. 학교와 같은 수평적 무리가 아닌 수직적이고 한눈에 파악할 수 없는 조직에 처음 참여하는 신입 직원은 두렵고 힘든 적응의 과정을 거치게 된다. 이때 아무리 힘들고 고통스럽더라도 자신의 미래 전망을 밝게 한다면 참을 수 있다.

어떤 조직이나 집단에 어떻게 들어왔든지 일을 할 수 있는 능력이 있어 채용되었다고 생각하면 된다. 그리고 처음에는 자신이 할 수 있는 일보다 조금씩 덜 분배받도록 행동해야 한다. 너무 과도하고 많은 일을 맡긴다면 단정적으로 거부하기는 어렵겠지만 요령 있는 사보타주(sabotage)를 해야 한다. 그래야 오래 잘할 수 있다. '많은 일을 참을 수는 있지만 언제나 모든 것을 참을 수는 없다.'. 사회초년생들이 무리 속에 살아남을 수 있는 격언이라고 하고 싶다.

03
공짜란 없는 좋은 세상과 나

"영화 <설국열차>는 이미
우리를 태워 출발 중일지도 모른다."

　정의롭고 타인을 존중할 줄 아는 사람이라고 거만을 떨 때가 있었다. 사회정의와 인권 보장을 위해 헌신하고 세상을 그렇게 바꾸려고 노력하는 사람 가운데 한 명이라고 자부하던 시기였다. 지금 생각해 보면 아주 많이 부끄럽다.

　그 무렵 급하게 시골에 직접 집을 지었다. 가진 돈이 부족하여 싸고 좋은 집을 지어주겠다는 공사 업자를 열심히 찾았고, 그런 사람을 만나 계약을 하고 집을 지어 나갔다. 그러나 얼마 지나지 않아 건축에 대해 아무것도 모르는 약점을 이용하여 계속해서 추가적인 비용이 발생한다고 하였다. 최초 계약한 완공 날짜를 미루며 추가적으로 발생한 비용을 지불하지 않으면 공사를 하지 않겠다고 막무가내로 협박했다. 이미 시간이 많이 지나 기존 집에서 이사하여 월세를 전전하고 있었으므로 더욱 다급해지고 화도 나고 그랬다.

그때 집 짓는 업자들이 꼼수나 불법적인 방법을 통해 집주인을 힘들게 한다는 사연을 많이 들었고, 마찬가지로 억울하게 당했다고 분노했다. 우리 집을 짓는 공사 업자와 자주 다투고 과다 책정한 비용 때문에 법적 소송 직전까지 가기도 했다. 하지만 주택 건축에 대한 문외한이 계약을 철저하게 하지 못한 사정으로 그 업자의 주장에 타협할 수밖에 없었다. 그 뒤 주택의 마무리 공사에 또 다른 많은 비용이 지출되었다.

당시 정의롭고 인간을 존중하는 사회로 바꾸기 위해 노력해도 소용이 없다고 허탈해했다. 그렇게 바뀐 사회에서는 저런 공사 업자와 같은 사람들이 약삭빠르게 자신의 이권을 취하는 데 활용되기만 한다고 분노했다. 지금 생각하니 참으로 어리석고 부끄러운 생각이었다. 개인적 욕심 때문에 수렁에 빠진 것을 알아차리지 못했다. 공사 업자는 싸고 좋은 집을 짓겠다는 욕심을 정확하게 파악하여 이를 잘 활용했을 뿐이었다. 이는 욕심의 충돌이지 사회정의나 인권과는 상관없음을 한참 이후에 깨달았다.

인간은 자신을 둘러싼 세계가 공정하고 공평하기를 기대한다. 하지만 자신의 입장이나 상황에서는 그들만의 정의를 외치고 그렇게 되지 않으면 분노하거나 절망한다. 시골 주택을 지으면서 대중을 위해 자신을 희생한다고 함부로 말하지 않아야 함을 확인했다. 자신에게 유리하면 정당한 것이고 자신에게 편하면 좋은 세상으로 간주하는 평범한 사람에 지나지 않았다.

바라는 이상향과 일상에서 행하는 삶이 다른 표리부동한 사람이 많다. 대부분의 사람은 공동체가 정의롭기를 바란다. 그러나 사람들은 개인적 이득을 위해 부정의에 참여하면서도 모른 체하거나 약간의 죄책감을 덜기 위한 이유를 열심히 만들기도 한다. 대외적으로는 인권과 사회정의를 주장하였다. 그러나 나와 관련된 소소한 일부터 거대한 상황까지 개인적 이익을 우선시하곤 했다.

최근에는 점점 말하기가 두렵다. 특히 사회가 정의로워야 한다든지, 공정과 공평을 주제로 언급하기가 불편하다. 다른 사람의 인권을 주장하거나 인간다운 삶을 역설하기도 민망하다. 그래서 소극적으로 글로 표현하기도 하지만 시간이 지나면서 점점 크나큰 무게로 옥죄기 시작한다. '당신은 얼마나 공정하고 정의로우며 타인의 인권을 존중하는가?'라고 누군가 묻는다면 숨고 싶다.

그렇다고 작금의 세상이 살만해서 그대로 내버려 두어도 된다고 거짓을 말하기도 힘겹다. 사람들이 얼마만큼 살아가기가 어려운지를 파악해서 어떻게 변해야 모두가 좋은 세상이라고 할 수 있는지를 분간하기도 어렵다. 예컨대 직장에서 몇 년 일하면 집을 살 수 있다면 좋은 세상인지, 사교육 광풍 현상이 사라지면 좋은 세상인지, 어떤 상황에서도 일상생활을 할 수 있는 소득을 보장하면 좋은 세상이 된다는 확신도 할 수 없다. 물론 그렇게 바란다고 되기도 어렵다.

거칠게 말하면 일반 대중이 어제보다 나아진 것 같다고 느낄 수 있다면 좋은 세상이 아닐까. 하지만 우리나라 5천만의 사람 중에 어제보다 나아졌다고 느껴 좋은 세상을 경험하는 사람이 얼마나 될까. 오늘날 주위에서 어제보다 나아졌다는 사람을 찾기가 점점 어려워지고 있다. 혹자는 옛날의 양반이나 상놈처럼 출생하면서 이미 좋은 세상의 칸막이가 쳐져 있다고 한탄한다. 영화 〈설국열차〉는 이미 우리를 태워 출발 중일지도 모른다.

누군가는 좋은 세상을 단편적으로 제시한다. 즉, 사람들이 억울하거나 괴롭힘을 당하지 않고 자고 먹고 입을 수 있는 경제력과 가끔 여행도 갈 수 있는 여유가 제공되는 세상이라고 말한다. 이러한 좋은 세상이 되려면 어떻게 해야 할까? 스스로의 노력도 필요하고 개인을 둘러싼 외부 환경도 잘 작동해야 한다.

그렇다면 좋은 세상으로 나아가는지를 어떻게 확인할 수 있을까? 그것은 우리의 자녀를 포함한 다음 세대들을 행복하게 만들어 주는지를 따지면 된다. 예컨대 현재 자신의 권력, 재산이나 지위를 모른다고 가정해 보자. 그 상태에서 앞으로 태어날 자녀가 행복할 수 있도록 만들어 주는 세상인지를 살펴보면 된다. 즉, 자신이 아무런 재산도 지위도 없다는 가정하에 태어날 자녀가 행복할 수 있는 세상을 만들어 주는 권력자와 제도를 지지하는 것이다.

좋은 세상을 만들 수 있는 단기 처방 중의 하나는 어떤 집단이나 개인에게 지나치게 오래 권력을 맡기지 않는 것이다. 권력이 만들어 가는 세상과 자신의 이익이 잘 부합하는지를 따져야 한다. 그리고 권력 집단 또는 권력자와 자신의 감정을 동일시하는 우를 범하지 않아야 한다. 자칫 그들 집단의 농간에 이용만 당할지도 모른다.

권력자들은 정서 동일시 집단을 이용하여 자신만의 권력을 쟁취하고 그들끼리만 이득을 나누기 십상이다. 일반 대중은 거기에 동참하여 힘을 뺄 필요가 없다. 한 번씩 권력 집단의 행위들을 살펴보다가 자신만의 기준으로 그들을 선택하면 된다. 그리고 어떤 시기에 권력 집단이 인간사의 정의로움에서 지나치게 벗어난다면 참지 않을 용기만 있으면 된다.

좋은 세상을 만든다고 떠들면서 그들 권력 집단의 이익만을 추구하는 세력인지를 알아보기란 참으로 어렵다. 오랜 시간 이후에 잘못된 권력을 선택하였다고 후회할 수도 있다.

하지만 지금 당장 좋은 세상을 만들 수 있을 것 같은 권력자와 권력 집단에 호응할 수밖에 없다.

어떻게 해야 좋은 세상으로 바꿀 수 있을지에 대한 결론을 얻지는 못했다. 그러나 시골 주택을 지으면서 얻은 교훈이 있다. 좋은 세상이 온다고 무조건 공짜를 얻을 수 있는 것은 아니다. 내가 참여한 좋은 세상은 바로 직접적으로 오는 이득이 아니라 오랜 시간이 지난 뒤 다양한 형태로 찾아온다고 믿고 싶다. 그리고 좋은 세상이 온다고 하더라도 인간 간의 욕심은 언제나 그대로 남아 있을 거라는 사실이다. 좋은 세상과 행복한 개인에 대해 계속해서 고민하고 싶다.

04
습관적 험담의 가랑비를 피하자

"타인을 끊임없이 욕하는 사람은 한번 원수가 되면
죽는 날까지 풀지 않는다는 심보가 있다."

'~하지 않아야 한다.'는 좋은 삶의 목표가 아니라고 많은 전문가가 이야기한다. 그러나 어떤 상황에서는 적용하는 것이 나을 때도 있다. 예컨대 '만나기만 하면 다른 사람을 적으로 만들어 욕하는 사람은 가능하면 자주 대하지 않아야 한다.'와 같은 경우이다. 그들은 그럴듯한 이유로 상대를 욕하면서 서로 같은 편이라는 동질감을 형성하여 동무 의식을 강화하려 한다.

그런 사람을 만나다 보면 폐해가 한두 가지가 아니다. 우선 자신도 상대편을 욕하거나 맞장구를 쳐야 하는 상황이 자주 발생하면서 매사 말이나 태도가 부정적으로 바뀔 수 있다. 또한 욕한 상대를 직접 만나면 부자연스럽고 함께 일할 기회를 잃어버리기도 한다. 그리고 만나기만 하면 똑같은 대상에게 똑같은 욕을 하는 것을 듣는 것도 힘들다. 상대의 잘못이 있다고 하더라도 반복되는 비난은 마음을 불편하게 만든다.

타인을 끊임없이 욕하는 사람은 한번 원수가 되면 죽는 날까지 풀지 않는다는 심보가 있다. 또한 인간에 대한 증오심이 마음 깊은 곳에 숨겨져 있다. 한번 원수는 평생 원수라는 믿음을 지닌 사람은 강박적이고 의심이 많다. 그들은 마음이 강한 척하지만 약한 사람일 가능성이 높다. 그들은 사람이나 상황을 포용할 수 있는 힘이 부족하여 상대의 공격에 대한 두려움에 늘 긴장한다. 그리고 적과 아군으로 구분하여 자신의 약점이나 미성숙함을 방어하려고 한다.

한번 원수가 되면 평생 원수로 살겠다는 각오를 다지는 사람은 세월이 지나면서 친구나 친지를 서서히 잃어버린다. 그들 주위에는 피상적인 관계자만 남아 있게 되어 외로움이 증가한다. 그들은 대의를 상실하며 작고 사소한 문제에 집착하여 타인이 하는 말 한마디에도 큰 상처를 입게 된다.

사람 간 갈등은 상호 감추고 싶은 열등감이나 약점을 후벼 파는 계기가 된다. 그렇게 되면 서로가 모든 것을 걸고 싸움을 시작하게 되고, 만나는 사람마다 상대를 욕하고 자신의 편을 만들려고 애쓴다. 몸과 마음에는 상대를 파멸시킬 계획과 능멸에 대한 분노만 가득 차게 된다.

상대를 원수로 보는 개인은 증오심으로 마음을 가득 채운다. 그들은 이미 어린 시절과 성인기의 상처, 이상과 현실의 갭 등으로 인간과 사회에 대한 저주의 증오심이 가득 차 있는 사람들이다. 마음속의 증오라는 불씨는 외부로부터 촉발된 분노가 기름과 같은 역할을 해서 온몸이 증오심으로 뒤덮인다. 그들은 증오의 불길을 끄기 위해 적이 된 상대에게 끊임없이 욕설을 부어 넣는 것이다. 그러나 좀처럼 불길이 잡히지는 않고 자신의 마음만 불타서 재만 남게 된다.

직장과 같이 매일 만나야 하는 소규모 집단에 속해 있으면 남을 헐뜯고 욕하는 사람과 자주 부딪히는 것을 피하기 어렵다. 그들의 욕설에 동조하지 않으면 외톨이가 되거나 업무에서도 피곤한 일들이 발생하기 때문이다. 그렇다면 어떻게 하면 좋을까?

그런 사람이나 집단과 요령 있게 최소한 공식적 접촉만 하도록 계획할 필요가 있다. 업무상 필요한 일이 아니라면 친절하게 피하고 공식적인 이야기만 하는 것이 좋다. 하나의 대책은 자신과 어울릴 수 있는 한두 사람이나 소그룹을 형성해 둘 필요도 있다. 이와 같은 사람이나 집단이 반드시 자신과 모든 것이 통하지는 않는다. 그러나 폭넓은 직장 생활로 생각하고 사적인 활동의 공식화를 위한 노력으로 간주해야 한다.

직장과 같이 어쩔 수 없는 공식적 모임이 아닌 경우 대화의 대부분이 다른 사람에 대한 욕이라면 그런 사람이나 집단과는 단절해야 한다. 가장 좋은 대화 상대는 철학적 유머를 하는 사람이지만 주위에서 찾기가 어렵다. 차선으로 여러 가지 다양한 주제로 대화를 이어가고 상대의 이야기도 들어주는 사람과 만나는 것이 좋다. 서로에게 건강한 욕은 정부나 지방정부의 정책이나 권력자의 행위에 대한 비판을 공유할 때이다. 인간은 나이가 들어감에 따라 거친 말을 반복해서 듣는 것을 불편해한다. 그렇기에 이럴 때도 상호 간에 눈치 있는 욕설을 해야 한다.

만약 두 사람에게 동일한 적이 있다면 그 상대를 욕함으로써 단기간에 친밀해질 수 있다. 그러나 장기적으로는 서로의 약점이나 열등감, 그리고 숨겨야 하는 인간성이 그대로 드러날 수 있어 특별한 적이 될지도 모른다. 나이가 들수록 욕하고 모함하는 사람이나 그룹에 동조하지 않아야 한다. 잠시의 동질감과 외로움에서 탈피할 수 있지만 비난과 고립의 늪에서 허우적거릴 수도 있다. 인간은 자주 절대 고독을 즐길 때 쓸모없는 헐뜯기 경쟁으로 인한 수치와 부끄러움을 피할 수 있다.

05
삶은 오늘의 고통을 잊으려는 미래의 몸부림

"인간이 아무것도 하지 않게 되면 감춰지거나
늦춰진 괴로움과 혼란이 찾아온다."

과거 한 TV 방송에서 잘 걷지도 못하는 촌로가 힘든 농사를 계속 짓는 모습을 보여주었다. 이를 두고 수많은 사람이 그분을 방치한다고 자녀들을 비난하였다. 촌로는 일을 하지 않더라도 충분히 생활할 수 있었고 도시의 자녀들에게 가서 살 수도 있었다. 그러나 새벽부터 밤늦게까지 기어 다니다시피 하며 농사일을 했다. 젊었을 때는 저렇게 힘들고 아픈데도 계속 일을 하는 촌로를 이해할 수 없었고, 말리지 않는 자녀들이 괘씸하기도 했다. 하지만 나이가 점점 들면서 둘 다 이해가 되었다.

대개의 경우, 돈만 충분히 있으면 아무 일도 하지 않고 재미있게 살 수 있다고 생각한다. 예컨대 지금 100억만 있다면 어떤 일도 하지 않고 편안하게 행복한 삶을 살 수 있다고 확신한다. 과연 그러할까? 자신의 노동으로 일상을 유지하는 사람에게 갑자기 100억이 생긴다면 무엇을 할까. 아마도 빚이 있다면 갚고, 집이 없거나 좁다면 보다 큰 주택을 사거나, 남들에게 자랑할 만한 자동차를 계약하고, 평소 가지고 싶었던 명품들을 사거나, 돈이 없어 미루어 둔 취미를 위한 장비를 살 수도 있겠다. 이것을 하는 데 몇 년이 걸리지는 않을 것이고 몇 달 혹은 한두 해 지나면 모두 할 수 있다. 그다음에는 무엇을 할 것인가. 해외여행도 다니고 전국의 맛집을 찾아다니면서 평생을 그렇게 하면 행복하고 즐거움이 넘치는 삶이 될 수 있을까!

　만약 갑자기 100억이 생겼다는 사실을 지인들이 안다면 여러 가지 목적을 가지고 방문할지도 모른다. 돈을 빌려달라거나 사업을 같이 하자고 할 수도 있다. 거절한다면 가까운 사람과의 관계가 비틀어지거나 비난을 받을지도 모른다. 자식 세대까지 경제적 어려움 없이 살도록 만들기 위해 건물과 땅을 사거나 사업을 한다고 복잡한 준비를 할 수도 있다. 모든 과정이 언제나 즐겁고 애초의 계획대로 되지는 않을 것이다. 아마도 여기저기서 인간사에서 일어나는 풍파를 겪을 수밖에 없다.

혹자는 빚 갚고 집과 자동차를 사고 남은 수십억을 은행에 저축하고 편안하게 생활하면 된다고 생각할 수도 있다. 일주일 동안 아무 일도 하지 않고 방안에 가만히 누워 있는 모습을 상상해 보자. 그리고 그 뒤 일주일도 애써야 하는 어떤 일도 없는 삶을 떠올려 보자. 과연 편안하고 행복한 느낌이 하루 종일 계속될 수 있을 것인가.

그렇게 될 리가 없다. 개인차가 있겠지만 몸에서는 본능이 용트림하고 머리에서는 온갖 잡다한 생각들로 가득 차게 된다. 그다음에는 명명되거나 확인할 수 없는 질병으로 몸과 마음이 지배당한다. 새로운 일을 시작하지만 결핍으로부터 나오는 열정이 부족하여 쉽게 지루해하거나 애초의 목적에서 쉽게 이탈하게 된다.

물질적 풍요가 인간이 만든 수많은 문제를 해결하거나 감소시키는 것은 확실하다. 그러나 그것만으로 인간사의 고통으로부터 벗어나거나 쾌락이나 행복을 가져다주지는 않는다. 사람은 살아가는 의미나 목적을 몸에 지니고 있어야 작거나 큰 개인적 염려로부터 해방될 수 있다.

왜 어떤 사람은 아무짝에도 쓸모없는 쓰레기라고 불리는 물건들을 온 힘을 다해 수집하는가. 단순하게 병리적으로 수집광이라거나 강박장애로 단정하여 환자로만 규정할 수는 없다. 그들은 쓸모없는 쓰레기를 수집하는 과정에서 오감을 집중하여 인간사의 고뇌를 잊을 수 있다. 또한 남들에겐 쓰레기이지만 그들에겐 미래의 불확실성을 보호해 주는 안전판이 되는 재물의 축적이 될지도 모른다.

아무것도 하지 않는 삶에서는 쾌락이나 행복을 찾을 수가 없다. 인간이 아무것도 하지 않게 되면 감춰지거나 늦춰진 괴로움과 혼란이 찾아온다. 그리고 어두움으로 다가오는 미래에 대한 불안과 공포에 휩싸인다. 우리 모두는 살아 있는 한 무엇을 해야 한다. 예컨대 앞의 촌로가 새벽부터 기어 다니다시피 소에게 먹일 풀을 베고 씨를 뿌리는 행위에서 찾을 수 있다.

70대나 80대의 촌로는 오늘을 살기 위해 수십 년 몸에 밴 습속을 그대로 유지할 수 있다. 그러나 젊은이들에게 현재의 불안을 잠재우기 위해 희망을 찾을 수 없는 일에 몰입하라고 강요할 수는 없다. 또한 청년들은 아무것도 하지 않는 괴로움이 크다고 하더라도 수치심과 혐오를 감당할 수 없다면 모든 단절을 선택할 수도 있다.

나이 든 사람은 수십 년의 습속과 모두의 기대와 압박에서 벗어나 있으므로 있는 그대로의 일상에 더욱 가깝다. 그러나 각자의 기대와 희망을 찾아야 하는 젊은이에게 무엇이든지 하라는 압박은 고문이다. 어쩌면 그게 젊은 사람을 사지로 몰고 가는 거짓 진리일지도 모른다.

청년들에게 무슨 일이든지 하라는 친절한 협박보다는 오히려 믿고 기다려주는 것이 훨씬 낫다. 그들도 아무것도 하지 않는 삶의 고통을 뼈저리게 경험하고 있기 때문이다. 외부와 단절하고 방안에만 있는 사람이 온라인 게임이라도 한다면 오히려 고맙게 생각해도 좋다. 그들은 자신의 어두운 내면에 완전히 압도당하지 않고 무언가를 하며 살기 위해 발버둥을 치고 있다. 오늘의 고통을 잊으며 미래를 준비하고 있다고 보면 어떨까!

06
바라지 않으면 좌절은 없다

"이번 생에 누구도 반드시 이루어야 할 과업을
당신에게 맡기지 않았다."

한 개인이 평생을 살면서 반드시 이루어야 하는 일은 없다. 어떤 일은 몸과 마음이 고달프도록 애쓴다면 목표를 달성할 수 있지만 또 다른 일은 아무리 노력해도 이룰 수 없다. 예컨대 모든 학생이 밥 먹고 잠자는 시간을 제외하고 공부를 한다고 하더라도 전교 1등을 하기는 어렵다. 월급쟁이가 의식주 기본 생활비를 제외하고 나머지 전부를 저축한다고 하더라도 부자 반열에 오르기 어렵다. 밥 먹고 운동만 한다고 하더라도 올림픽에서 금메달을 획득하거나 국가대표로 발탁되는 것이 쉽지 않다.

그렇다면 아무것도 바라지 않고 자신에게 다가오는 수동적 일만 하는 것이 가능할까. 그렇게 할 수도 있지만 언제나 짓눌린 삶을 살게 된다. 또한 목적 없이 자포자기하는 영혼 없는 신체적 반복 작업만 할지도 모른다. 인간은 짧게 또는 길게 무엇을 바라야 한다. 그래야만 온전한 정신으로 삶을 유지할 수 있다.

하지만 너무 지나치게 무언가를 원하지 않는 것이 좋다. 그렇게 되면 조울병 환자가 비현실적으로 자신을 과대하게 생각하는 것과 마찬가지로 원래의 자기를 상실하게 된다. 그리고 실망과 좌절의 늪에 갇히게 된다.

인간사는 사람이 하고 싶은 방향과 일정대로 흘러가도록 두지는 않고 둘러 가거나 다른 길로 가기도 한다. 이번 일 혹은 이번 생은 반드시 이렇게 되어야 한다고 지나치게 바라면 수많은 다른 인간 세상을 볼 수 없도록 만든다. 예컨대 좋은 대학을 가지 못한다고 인생이 끝장나는 것도 아니다. 혹은 모두가 인정하는 직업을 가지지 못한다고 불행하게 사는 것도 아니다. 물질적으로 풍요하지 않다고 인생의 참 의미를 알 수 없는 것도 아니다.

원하는 길에 도달하지 못했다고 파국만 기다리는 것이 아니라 또 다르게 갈 수 있는 길도 있다. 그런 경험이 부족한 사람은 자신이 정한 길이 막히거나 절벽을 만나면 그대로 주저앉아 버린다. 인간은 할 수 있는 일을 한 후에 원하지 않는 상황이 발생할 수 있다. 그렇다 하더라도 살아갈 다른 기회가 보이면 끈질기게 붙잡고 있어야 한다. 이때 안 되는 일도 많고 잘못된 선택을 할 수도 있다. 그렇다고 매번 너무 간절하게 매달리면 늘 좌절과 실망의 고통을 마주해야 한다.

어떤 사람은 바라는 일이 달성되지 않아 수치심이나 좌절감을 느낄까 두려워서 진지한 태도로 다가가지 않는다. 그래서 그들은 두 발을 모두 그 일에 담그지 않고 한쪽 발만 걸쳐두고 언제든 빠져나갈 궁리를 한다. 그렇게 되면 그 일은 자신이 원하는 대로 진행되지 않는다.

반면에 두 발을 담그고 있다고 자신에게 반복 암시하면서 할 수 있는 일들을 해야 뜻한 바를 이룰 수 있다. 그 과정에 잠시 뒤로 가는 것 같기도 하고 어떤 때는 조금 앞으로 갈 듯하다가 다시 엉뚱한 방향으로 흐르기도 한다. 또 한참 오래 어떤 방향으로 나아가다 보면 생각하지 못한 곳에서 기회를 발견하거나 다른 좋은 결과물을 획득하기도 한다.

젊었을 때는 자신이 바라는 일이 얼토당토않은 것인지를 알아차리기란 쉽지 않다. 그러나 젊었을 때는 보통의 지능과 체력을 가졌다는 확신이 있다면 인간 사회에서 이룰 수 있는 일들을 할 수 있다고 자신감을 가져야 한다. 젊은 시절 체력과 열정을 가지고 바라는 일을 시도해 보면 자신에게 맞는 일이나 목적을 찾아가기 마련이다. 다만 시간이 좀 걸릴 뿐이다. 그리고 반드시 사회적 성공 기준과는 멀어져 있을 수도 있다. 하지만 인간의 삶을 사는 궤도에 올라가 있게 된다.

젊은 사람들은 과거 사람의 인생 이야기에 지나치게 귀 기울일 필요가 없다. 왜냐하면 자신의 소망을 어느 정도 이룬 사람들의 과거 무용담에 지나지 않기 때문이다. 다만 젊었을 때는 몸에서 나오는 직감을 믿고 조그마한 단기 결과에 일희일비하지 않는 것이 좋다. 대신에 자신의 길을 가다 보면 예전에 모르던 것이 보이거나 생각하지 못한 곳에서 길이 열릴 수 있다. 그 과정에서 다른 사람이나 훌륭한 사람들의 조언을 너무 귀담아들을 필요는 없다.

자신의 인생에서 단기적으로 뜻한 바를 성취하지 못했다고 속앓이를 지나치게 오래 하지 않아야 한다. 마음으로 바란다고 갑자기 성취되지 않는다. 지나고 보면 대부분이 기억조차 없는 일이었지만 그 당시에는 땅이 꺼지는 공포와 아픔이었을지도 모른다.

어떤 일이든지 지나치게 바라지 않아야 반복되는 좌절을 겪지 않는다. 성공하지 않았더라도 무엇이라도 했다면 그만큼 몸과 마음의 어딘가에 저장되어 있다. 그것은 앞으로 삶의 굴곡에 특별히 의미 있게 활용될 것이다. 그리고 이번 생에 누구도 반드시 이루어야 할 과업을 당신에게 맡기지 않았다. 그렇게 살아가면 된다.

07
어떻게든지 해결된다

"끊임없이 되새기면 좋은 몸속의 말이 바로
'사람이 만든 일, 인간이 해결 못할 것이 없다.'이다."

마음이 졸보인 사람이 있다. 여기서 졸보란 '작고 사소한 일에도 근심과 걱정을 크게 오랫동안 하는 사람'이란 의미이다. 인간의 마음은 식탁처럼 딱딱하고 평평하게 고정되어 있는 것이 아니다. 그래서 안팎에서 느끼고 생각하고 접촉하면서 파도처럼 울렁거린다. 마음의 안정이란 일정 범주 내에서 불안이나 걱정이 통제되는 것을 말한다. 인간은 언제나 다른 사람을 만나고 사건을 접하며 울퉁불퉁한 상황에서 살아가야 한다. 이때 마음은 늘 움직인다.

사람과의 만남은 상호 이익을 추구하고 즐거움을 획득하

거나 도리를 다하기 위함이다. 상호 이익 추구의 대표적 만남 형태는 직장 생활이나 업무를 위한 만남이고, 피할 수 없고 스트레스와 갈등에 직면한다. 즐거움 추구의 대표적 형태는 사교 또는 취미 활동을 위한 만남이고, 피할 수도 있고 삶의 에너지를 충전할 수 있다. 인간의 도리를 위한 대표적 형태는 부모나 친지와의 만남이고, 삶의 에너지를 얻기도 하지만 스트레스와 갈등을 겪기도 한다.

사람이 살아간다는 것은 타인과 접촉의 빈도와 양을 개인의 상황에 따라 다르게 맞추는 과정이다. 최소한의 접촉을 원하는 사람은 그러한 일들을 찾아서 하면 된다. 그들은 그걸 통해 생계를 유지하거나 삶의 의미를 발견하면서 잡스러운 생각들을 떨쳐내며 살아간다. 흔히 초식동물형이라 한다.

반대로 사업이나 정치를 하는 사람들은 하루에도 수십 명을 만나서 설득하고 갈등 속에 들어가 문제를 해결해 나간다. 타인의 말과 행동에 많은 의미를 부여하거나 사소한 갈등을 오래 간직하는 사람들은 사업가나 정치인이 되기가 어려울 것이다. 흔히 육식동물형이라 한다.

인간은 초식형이든지 육식형이든지 생계 또는 삶의 의미를 추구하기 위해 다른 사람들을 만나고 서로 이해하고 타협해 나가야 한다. 예컨대 아프면 병원에 가서 의사를 만나야 하고, 자동차를 운전하다가 사고가 나면 상호 간 시시비비를 가려야 한다. 자신뿐만 아니라 가족과 관련되어서도 사람들을 만나야 한다. 자녀가 학생이면 선생님을 만날 수 있고 문제를 일으키면 자녀 대신 상대에게 사과해야 할 수도 있다.

인간은 아무리 가만히 홀로 지내고 싶어도 의도하든지 아니든지 다른 사람과 좋거나 나쁜 관계에 빠질 수 있다. 타인과 불편한 관계에 있을 때 어떤 사람은 미래의 결과에 대해 오래 고민하고 안절부절못해한다. 그들은 사람과의 관계를 힘들어하고 도망가거나 숨어서 자신을 보호하려 한다. 이러한 사람이라도 가까운 누군가가 타인과의 관계를 조절해 주면 그런대로 살아갈 수 있다. 하지만 그들은 조그마한 갈등에도 도망가거나 숨는 방법에 익숙해 있다. 그렇기 때문에 세월이 지나도 인간 간 다툼을 해결할 지혜나 능력을 지니기가 어렵다.

대부분의 사람은 스스로 생계를 책임져야 하는 시기가 되면 자신의 스타일로 타인과 관계하고 적응해 나간다. 그러나 어릴 때 도망가거나 숨기를 자주 한 사람들은 일상의 사회생활이 너무나 힘들다. 이때 끊임없이 되새기면 좋은 몸속의 말이 바로 '사람이 만든 일, 인간이 해결 못할 것이 없다.'이다.

이를 반복하여 자신을 세뇌시키면서 필수적인 일이나 사람과의 관계를 유지하면 어느 정도 마음의 평온이 찾아온다. 그런 과정에서 크고 작은 실수와 새로운 고민거리가 생기기 마련이다. 세월이 지나면 지난날의 부끄러움이나 수치심은 과거라는 이름으로 남겠지만 개인의 의식에서는 대개 사라진다.

어떤 사람은 일반 대중이 사소하다고 생각하는 일에도 최악의 상황이나 결말을 자주 상상한다. 그들은 대부분의 일을 적극적으로 수행하지 못하고 언제나 초조해하거나 마음을 졸이게 된다. 이러한 사람들은 다른 사람과의 관계에서 과도한 조심성을 발휘하지 않아도 충분히 예의 바른 행동을 하게 된다. 마찬가지로 불법적인 일이 아니면 어제 한 일을 오늘 다른 일로 덮는 무덤덤함을 반복 연습해도 좋다.

스스로를 졸보라고 믿는 사람은 타인과 민감한 상황이 발생해도 사람이 만든 일이니 인간이 해결할 수 있다고 반복적으로 스스로에게 다짐할 필요가 있다. 또한 자신을 둘러싸고 있는 얽히고설킨 불편함이나 혼란도 사람들에 의해 만들어진 일일 뿐이라고 주문을 외워도 좋다. 길게 보면 모든 세상사는 인간이 만든 일이고 사람들이 해결해 오지 않았는가!

08
외줄에서 자주 내려오자

"외줄 위의 삶조차도 사라질지 모른다는
공포감이 계속 머무르도록 압박한다."

일상으로부터의 도망, 휴식, 회피, 충전, 휴가, 안식, 단절 등은 동의어인가 아니면 의미가 다를까. 늘 하는 일들이 즐겁거나 쾌락을 겸한다면 이보다 좋은 삶은 없다. 그러나 많은 사람은 일상에 지쳐 있거나 도망가고 싶어 한다. 우리나라에서는 보통 7월과 8월이 되면 휴가라는 명목으로 늘 있던 장소나 만나오던 사람들로부터 벗어나는 시도를 한다.

요즈음 대중은 휴식이나 재충전의 방도였던 휴가를 또 다른 경쟁의 도구로 삼고 있다. 사람들은 유명하거나 돈이 많이 드는 장소를 다녀왔음을 사방팔방으로 홍보하고 있다. 또한 해외 고급 호텔이나 휴가지를 방문했다는 증명을 위해 최선을 다한다. 사람들에게 휴가가 또 다른 경쟁의 피곤함을 추가할 뿐이다.

젊은 사람일수록 쉬는 동안 부지런하게 각양의 이름으로 불리는 SNS에 무언가를 끊임없이 올린다. 그리고 그 세계 안의 표식으로 타인에게 인정받아야 휴식이 비로소 선언된다. 남을 통해 인정받아야 휴식이라는 이름이 부여되는데, 이것이 일이 아니고 무엇인가 싶다. 또 다르게 어떤 사람들은 휴식할 시간이 없거나 휴식의 시간을 가지면 안 된다고 믿고 있다.

생존과 경쟁 그리고 비교 우위를 도모하는 사람들은 늘 외줄 위에 있다고 느낀다. 외줄 위에 선 사람들은 한순간 방심이 나락으로 떨어진다고 생각하고 긴장과 조바심의 끈을 놓지 않는다. 그들은 웃으면서 외줄 위에 있지만 온 세포가 곤두서고 온몸에 힘이 들어가 있다. 소수의 사람은 외줄 위의 공포적 긴장을 진정으로 즐길 수도 있지만 대부분은 외줄 위의 삶으로부터 도망을 꿈꾼다. 그러나 외줄에서 내려오는 도망은 쉽지 않다. 자칫 외줄 위의 삶조차도 사라질지 모른다는 공포감이 계속 머무르도록 압박한다.

그러나 내면 깊은 곳에서는 따지지 말고 도망치라고 아우성을 보낼 수도 있다. 그것은 일상의 도망을 통해 편함, 쾌락, 정지, 고요, 평안을 얻기를 갈망하는 마음의 소리가 아닐까. 사회적으로 평판이 좋은 직장을 그만두고 가족이 모두 몇 년간 세계 여행하는 사람들에게 열광하는 이유는 무엇일까. 아마도 자신의 마음속에만 갇힌 행동을 누군가 대신해주기 때문이다. 혹자는 세계 여행 이후에 혹독한 시련을 겪게 될 것이라는 전망을 내놓기도 한다. 이러한 참견은 그들의 용기로부터 자신의 마음속 열망을 들켰기 때문이다.

사람들은 무엇으로부터 도망치고 싶은 것일까? 대개는 인간과 사회적 압박으로 도망치는 상상을 한다. 하나는 직장 상사의 모욕이나 협박, 친구나 지인의 따돌림, 천륜의 고통 등으로 인한 사람으로부터의 도망이다. 즉, 자신을 힘들게 하는 사람이나 장소로부터의 잠적 욕구의 충족이다.

또 다른 하나는 개인적 자유를 억압하는 사회적 압박으로부터 도망이다. 현대 사회에서는 대개 자본이라 일컬어지는 돈의 굴레에서 벗어나는 것을 의미한다. 하지만 사람마다 돈에 대한 생각의 차이는 크다. 어떤 사람은 생존을 유지하는 기본 생활만 가능해도 충분하다고 본다. 또 다른 사람은 최소한 어느 정도의 집에서 살고 어떤 수준의 옷을 입고 음식도 단지 배부름이 아니라 쾌락이나 행복의 도구로 여긴다.

대중은 사람과 돈의 압박으로부터의 해방을 위해 도망을 시도하지만 언제나 도돌이표에 그치고 만다. 완전한 도망의 끝에는 외로움과 고립이라는 현실적이고 피할 수 없는 인간의 한계에 직면한다. 인간은 절대적 단절을 겪지 않을 소소하거나 큰 도망을 시도할 기회가 주어지는 삶을 원한다. 누구라도 하루의 어떤 시간에 잠시 도망갈 수 있고 일주일에 하루 이틀 정도 외줄에서 내려올 수 있는 비책을 찾았으면 좋겠다.

09
모두 똑같은 인간의 삶일 뿐

"어느 지역에 가도 그곳의 강남에 산다고
폼을 잡는 사람이 늘어나고 있다."

어디에서 어떻게 살고 있는가? 각자는 태어나 보니 대한민
국이고 누구의 아들 또는 딸이 되어 있고, 태어나 보니 지능
이 높거나 매력적인 외모를 가지고 있고, 태어나 보니 어떤
지역에 살고 있다. 사람들은 태어나 보니 유전 질환이 없고
보통의 지능과 운동 능력 및 외모를 가졌다는데 안도하기도
한다. 또 다른 소수는 특별히 뛰어난 지능과 외모 혹은 재벌
이나 부자 부모를 만나지 못함에 대해 아쉬움을 표하기도 한
다.

개인은 정해진 조건과 삶의 오묘함이 추가되어 어딘가에

서 어떻게 살도록 요구받는다. 하지만 곰곰이 생각해 보니 인간의 삶이란 현대의 복잡한 일이나 원시 시대의 단순한 생활과 질적 측면에서 크게 달라 보이지 않는다. 예컨대 부친과 나의 삶은 완전히 다른 것 같지만 한 꺼풀 속으로 들어가면 똑같다.

부친은 평생 과수원을 하셨는데 봄부터 가을까지는 새벽부터 밤늦게까지 어떻게 하면 과일을 많이 수확할지 고민하셨다. 그리고 겨울에는 나무를 잘 관리하여 내년의 열매를 더 많이 확보하기 위해 노력하셨다. 또한 새로운 영농 방법을 선뜻 받아들이지 못하고 본인의 방법을 계속 고집하며 나름의 방식으로 일을 하셨다.

개인적으로 보면 농사가 힘들어 자식들에게 흙과 관련된 일을 하지 않기를 원했던 촌로의 희망은 이루어졌다. 그러나 삶의 패턴은 유사하다. 즉, 일하는 장소가 과수원이 아니라 학교이고, 아침에 출근해서 어떻게 논문을 다듬을지, 학생들과 수업을 어떻게 재미있게 할지, 내년에 나올 책을 어떻게 완성할지를 끊임없이 비슷한 형태로 반복하고 있다. 어찌 보면 내용만 다를 뿐 근원적 삶의 양식이 매우 유사해 보인다.

좀 더 숙고해 보니 부친과 나는 다른 사람의 말을 잘 듣지 않고 자신의 방식만 고집하는 것, 하나에 집중하면 다른 것을 잘 살펴보지 못하는 것, 다른 영역으로 빠르게 확장하거나 변하는 것을 두려워하는 것 등에서 똑같다. 한 줄로 요약하면 나와 부친 모두 처음 시작한 일을 끝까지 변함없이 해나갔다는 사실만 남는다. 지금은 '부친의 삶이 행복했을까?'라는 의문만 남겨져 있다. 어쩌면 나보다 훨씬 행복하고 안정적으로 사셨을지도 모르겠다.

그렇다면 나의 아이들은 어디에서 어떻게 살 것인가? 세상의 어느 지역에서 무슨 일을 하면서 살 것인가? 그리고 아이들은 최소한 부친과 나 수준 정도라도 행복한 삶을 살 수 있을 것인가? 자녀들을 포함한 다음 세대들이 어디에서 어떻게 만족스러운 삶을 살 수 있을지 걱정이 된다. 세상의 속물에서 벗어나지 못한 채 아이들에게 기회가 많을 것으로 예상되는 서울 소재 대학에 가라고 은연중에 압박했다. 지역 대학에 몸담고 있으면서도 흔히들 말하는 내로남불, 즉 아전인수(我田引水)를 그대로 실행했다.

대부분의 대한민국 사람은 서울이나 그 주변에서 살고 싶어 한다. 왜냐하면 그 외 지역에 산다는 것은 열등하고 시대에 뒤처지거나 문화를 만끽할 수 없는 주변인으로 남겨진다는 압박을 언제 어디서나 받고 있기 때문이다. 북한주민들이 평양에 쉽게 접근하지 못하는 만큼 남한의 지역 사람들이 서울로 이주하기가 어렵다. 이것은 해결해야 할 사회문제라고 강변하기보다는 그런 현상 자체를 인정해야 한다. 모든 중심은 서울이고 나머지는 중심을 떠받치거나 추앙하는 부속물이 되고 있다.

시간이 좀 더 지나면 대한민국은 수도권을 중심으로 하는 도시국가로 변할지도 모르겠다. 나머지 지역은 나름의 특성을 지닌 소규모 도시로 변할 수도 있겠다. 대부분의 인구가 노인이나 그들과 관련된 일을 하는 젊은 사람들로만 채워질까 걱정이 앞선다. 수도권이 아닌 지역에 산다고 하더라도 행복을 향유할 수 있다. 그러나 세대 간 역동적으로 이루어지는 삶의 형태가 위축되고 창조적 활동의 공간이 축소되지 않을지 염려가 된다.

그렇다고 수도권을 제외한 지역이 온통 황무지로 남겨지

지는 않을 것이다. 어떤 사람들이 또 다른 생활 방식을 가지고 그들의 기준으로 만족스러운 삶을 향유하고 있을 것이다. 나이가 들수록 다양한 삶이 있는 그대로 다가온다. 예컨대 조용하게 동네를 걷고 있는 노부부에게서 행복이 보이고, 치킨 가게를 하는 사장님의 열정이 느껴지고, 하루하루 반복되는 작업을 마치고 버스에 몸을 기댄 젊은 사람이 귀하게 다가온다. 시간이 많이 흐른 후 도시국가에 환멸을 느낀 사람들이 천천히 지역으로 이동했으면 좋겠다. 그때는 다양한 삶의 형태를 진정으로 존중하는 시대가 되어 있을 거라고 믿고 싶다.

그때까지 지역 도시의 변화 과제가 있다. 요즈음 아이러니하게 어느 지역에 가도 그곳의 강남에 산다고 폼을 잡는 사람이 늘어나고 있다. 또 다른 사람들은 지역의 강남에 진입하기 위해 나름의 최선을 다하고 있다. 모두의 수준에서 최고의 목적지를 정해 두고 쉴 없는 투쟁을 지속하고 있다. 이를 비난만 할 수 없다. 왜냐하면 그곳에 소속되지 못하면 알게 모르게 당하는 무시와 차별이 너무나 많기 때문이다.

얼마 전 지역에 사시는 60대 노인은 이웃으로부터 "왜 그 나이 먹도록 옥탑방에 사느냐?"란 모욕을 당했다고 하소연했다. 제발 어느 곳에 사는지, 어떤 옷을 입고, 어떤 가방을 들고, 어떤 자동차를 소유했는지로 눈에 보이게 또는 은연중에 구분하지 말자. 각자의 일에서 경쟁하고 갈등하며 타협하고 살아가는 문화가 보다 빠르게 만들어졌으면 좋겠다.

10
어른의 기준

"하루하루 자신의 위치에서 할 수 있는 만큼
무엇이든지 해내고 있다면 그 자체로 어른이다."

오늘날 '어른이 사라져 가고 있다.'고 여기저기서 한탄한
다. 여기서 어른이란 '타인의 아픔을 공감하고 기꺼이 함께
나누려는 사람'이라고 부르고 싶다. 그렇다면 사라진 것이
아니라 찾지 못하고 있다고 표현하는 것이 더 적절하다. 왜
냐하면 모두는 기꺼이 다른 사람의 슬픔을 함께 나눌 준비
가 되어 있기 때문이다. 그리고 오늘을 살고 있는 누구나 어
른의 기준, 즉 심리적, 경제적, 사회적 독립생활을 잘하고 있
다.

어른은 마음의 독립을 이룬 사람이다. 따라서 어른은 누군가에게 절대적으로 의존하지 않고 외로움을 스스로 감당할 줄 아는 사람이다. 마음의 독립은 객관화가 어렵고 각자의 몫이기도 하다. 대개 마음의 독립은 부모를 찾지 않는 것에서 시작한다. 그렇다고 부모나 친지와의 단절을 의미하는 것이 아니라 성인 간 상호 도움을 주고받는 관계로 만들어가는 것을 말한다.

만약 부모가 신체적으로 병들고 허약하여 도움을 주어야 한다면 그렇게 해야한다. 하지만 자신의 삶 전체를 희생하지 않고 자신만의 즐거움과 의미를 발견하면서 개인적 일상을 유지해야 한다. 마음의 독립을 위해서는 부모와 형제자매를 독립된 개체로 인정하고 예의를 갖춘 효와 우애를 나누어야 한다.

가끔 부모의 문제, 형제자매의 어려움을 자신의 몸 안으로 가지고 오는 사람이 있다. 그런다고 문제나 어려움이 해결되는 것도 아니고 가족 모두가 점차 더 큰 수렁으로 빠질 뿐이다. 어른은 명석한 효와 우애를 유지하여 천륜에서 벗어나지 않도록 조절할 수 있어야 한다. 어쩌면 한 명의 어른으로 독립을 하고 있을 때 옛 가족을 굳건히 지키는 것이 될지도 모른다.

어른은 경제적 독립을 이룬 사람이다. 피상적 경제적 독립이란 자고, 먹고, 입을 수 있는 돈을 스스로 마련하는 것을 의미한다. 그러나 경제적 독립은 수입이 많고 적음을 단순한 수치로 따지는 것이 아니라 할 수 있는 만큼의 경제 활동에 참여하는지가 더 중요하다. 지금도 경제적 독립을 유지하기 위해 수백만 수천만의 사람들이 육체적 고통과 심리적 모욕을 참아내고 있다. 그것으로 충분히 경제적 독립을 실행하고 있다.

또한 어른은 사회의 어느 한 모퉁이에서 나름의 삶을 살아가야 한다. 사회적 역할을 다하는 삶만을 의미하지 않는다. 어쩌면 공동체에서 생활하는 자체가 사회적 인간으로서 역할을 충분히 수행하는 것이다. 이때 생산 활동을 기준으로 삼지는 않아야 한다. 그렇게 되면 비생산적이라는 용어를 가지고 와서 인간의 가치를 물질에만 초점을 두기 때문이다. 공동체 내에서 의식주를 하는 모든 사람은 사회적 역할을 한다고 보아야 한다. 어른의 사회적 기준은 공동체에서 자고 먹고 입고 다니는 것으로 충분하다.

그렇다면 이 시대를 살아가고 있는 모든 사람이 어른인 셈이다. 어른이 사라진 것이 아니라 찾을 생각을 하지 않은 것 같다. 하루하루 자신의 위치에서 할 수 있는 만큼 무엇이든지 해내고 있다면 그 자체로 어른이다. 어른은 사회적 지위나 힘을 지닌 사람이라기보다는 진중하고 사려 깊은 생활을 유지하는 사람과 더욱 가까운 용어이다. 우리 모두는 어른이라는 경박하지 않은 경건함을 가지고 그에 어긋나지 않도록 품격 있는 표현자가 되었으면 좋겠다. 어른이 되었다고 생각하니 어른으로서 무엇을 하고 싶어졌다.

*

에필로그
모든 인간은 위대하다

저자는 인구 3,000~4,000명 정도의 면지역에 살고 있다. 직장까지 거리는 꽤 되지만 자동차 전용도로로 연결되어 있기 때문에 20분 내에 도착할 수 있다. 저녁이나 주말이 되면 노인들이 천천히 산책하고 강아지와 고양이가 거리를 활보한다. 공동주택이 아니라 단독주택에 살다 보니 수리하거나 다듬어야 할 일이 많다. 태풍이 오거나 큰비가 내리면 걱정도 되고 대비도 해야 한다. 병원도 꽤 멀리 있어 자동차가 없으면 다니기 불편하고 배달 음식은 아예 시키지도 못한다. 참 재미없는 삶이다.

태어나서부터 지금까지 이곳에서 이렇게 살았다면 어땠을

까? 아마도 견디지 못했을지도 모르겠다. 그런데 지금은 꽤 살 만하다. 다리가 불편한 노인들은 1인용 전동차로 천천히 다니고, 조그마한 텃밭만 생기면 어디에서 오시는지 모르지만 등이 굽은 노인이 봄부터 가을 추수까지 아기자기하게 고추, 상추, 호박, 옥수수, 배추, 무 등을 심고 가꾼다. 겨울이 되면 수확한 텃밭을 너무나도 깨끗하게 정리한다.

우리 집은 베어낸 잔디와 가지치기한 나무 몇 조각을 어디에 버려야 할지를 몰라 조그마하게 잘라서 쓰레기봉투에 넣어 버린다. 대부분 70세가 넘은 여성 노인들이 수확하고 남은 그 많은 부산물을 소리 소문도 없이 깨끗하게 치운다는 사실이 신기하기만 하다. 몰래 뒤를 밟아보고 싶은 심정이다.

시골의 단독주택은 여름에는 덥고 모기가 많으며 겨울에는 춥고 에너지 비용도 많이 든다. 겨울이 지나고 나서 봄이 오면 너무 좋지만 금방 여름이 되고 겨울이 되어 버린다. 우리 부부는 이렇게 몇 번 반복의 시간을 보내며 소소한 행복을 느끼며 살아가고 있다. 하지만 두 아들은 다양한 사람과 사회에 부딪히며 기쁨과 절망을 반복하며 새로운 인생을 개

척해 나갈 수밖에 없다. 그 과정이 너무 험난하지 않기를 빌 뿐이다.

두 아들, 그리고 동시대의 젊은 사람들을 위해 중년을 넘어 노년을 바라보는 사람이 할 수 있는 일이 무엇일까? 현재 위치에서 할 수 있는 일을 찾아보고 싶다. 가까이서 직접 실행할 수 있는 일도 있을 것이고 좀 멀리서 희망을 그리는 일에 도움을 주고도 싶다. 그래서 '모든 살아 있는 인간은 위대하다.'를 나름의 방식으로 확대하고 싶다.

나이가 들수록 세상에 똑같은 삶은 없다는 사실을 받아들이고 절망과 희망의 기준도 사람에 따라 다름을 깨달아 가고 있다. 타인의 고통이나 불편에 대해 겸허한 마음으로 함께할 수 있지만 지나치게 자신과 연결시킬 필요는 없다. 반대로 타인이 세상 기준의 높은 곳에 올라갔다고 하더라도 지나치게 비교하거나 위축될 필요도 없다. 모두가 태어나면서부터 각자의 영역에서 그렇게 치열하게 삶을 살아가는 과정의 일부일 뿐이다.

50세가 넘어서부터는 세상의 모든 사람은 꼭 필요하고 중요하다는 생각이 든다. 예컨대 거리의 노숙인도 정당한 자신의 위치에 있는 것이고, 심한 장애를 지녀서 누워서 지내야만 하는 삶도 똑같은 것이 아니라 개인마다 다른 의미와 행복 속에 살고 있고, 연금을 받으며 하루에 한두 시간씩 산책하는 삶도 있어야 하고, 세계로 뛰어다니며 비즈니스 하는 사람도 중요하고, 공장에서 매일 똑같은 일을 반복하는 사람도 꼭 있어야 하고, 병원에 입원하는 사람도 이 세계에 기여하고 있다는 사실을 말한다.

사람은 경제적 활동을 하든지 못하든지, 다른 사람과의 관계를 어눌하게 하든지, 독립적인 삶을 살든지 그렇지 않든지 모두가 모두에게 필요한 존재이다. 그리고 그들은 위대하다. 가령 경제적 성공을 통해 큰 집과 좋은 자동차와 명품을 소유하는 사람과 매달 수입과 지출이 유사하여 경제적 긴장 속에 살아가는 사람 둘 다 똑같이 위대한 인간이다.

오늘날 가진 자와 그렇지 않은 자 간의 혐오와 분노가 지나치게 팽배해 있다. 일상을 겨우 유지하는 경제적 자원을 지닌 사람은 부유한 사람을 부러워할 수 있지만 거기에서 그

쳐야 한다. 가진 자와 그렇지 않은 자가 인간 대 인간으로 만나면 그냥 세상과 자연에 대해 이야기하면 된다. 부유한 사람들은 유산, 투자, 노력 등을 통해 세상의 기준을 획득한 것에 대한 자부심을 지닐 수는 있지만 궁핍한 사람들을 있는 그대로 존중해 주어야 한다. 그래야 인간이 사는 세상이 되고 짧거나 길게 순환되어 자신에게 돌아온다.

혹자는 크고 비싼 자동차를 사는 이유에 대해 자녀들을 다른 사람에게 기죽이지 않게 하기 위해서라고들 한다. 그것이 자신의 물욕에 대한 핑계일 수도 있고 사실일 수도 있다. 오늘날 부모와 자녀로 이루어진 가족이 똘똘 뭉쳐 더 높은 계층에 포함되었음을 끊임없이 확인받고 싶어 한다. 그리고 그들은 자신과 같은 부류의 사람들과만 교류하면서 낮은 계급이 들어올 수 없는 칸막이를 치기를 원한다.

큰아이가 초등학교 저학년 때 부모로서 해서는 안 될 말을 했다. 같은 반에 있는 어떤 친구와 같이 놀지 말라고 강요했다. 당시에 아마도 여러 가지 기준으로 큰아이에게 그렇게 했다. 그때는 너무 미성숙하였고 세상에 대한 자신감이 부족했고 다른 사람과 사회를 지나치게 의식했다. 지금 이름도 잘 기억나지 않지만 진심으로 그 친구에게 미안하다고 전하고 싶다.

'인간은 똑같이 존중받아야 한다.'라는 명제를 주장하고 있지만 자신만의 특별한 상황이 닥치면 돌변할 수 있다. '모든 인간은 위대하다.'고 떠들지만 불편하거나 불리한 일 혹은 이익의 침해를 당한다고 판단되면 다르게 행동할지도 모르겠다. 이 모든 것을 인정하고 받아들인다. 그러나 애써 의식으로는 살아가는 모든 사람이 위대하고 꼭 필요한 존재라는 상상을 지속하고 싶다. 그런 작은 움직임이 두 아들이 살아가기에 조금이라도 나은 세상이 될 거라 믿는다.